光文社文庫

文庫書下ろし

A_7
しおさい楽器店ストーリー

喜多嶋 隆

光 文 社

この作品は光文社文庫のために書下ろされました。

『A7　しおさい楽器店ストーリー』目次

1　そのマーチンには、嘘がある

「マーチンのギターだ」

と男は言った。ギターのハード・ケースをカウンターに置いた。

僕は、そのケースを見た。どうやらMartin《マーチン》純正のものらしい。ケースを開け、そのアコースティック・ギターを取り出した。

マーチンの定番、D-28。

「これを売りたい？」僕は訊《き》いた。相手は、うなずいた。

「楽器の買い取り、やるんだろう」

今度は、僕がうなずく。店の外には、〈楽器買い取ります〉の看板を出してある。

「高級なマーチンだ、高く買ってくれるよな」男は言った。

マーチンが、アコースティック・ギターとしては世界一。それは、わかっている。僕は、

「長く弾いてたのかな？」と訊いた。

「かなり長くな……。愛着はあるんだが、訳があって手放すんだ」

「なるほど」

僕は、一枚の紙を出した。住所と名前を書く用紙だ。

「楽器を買い取る時には、必ず書いてもらってるんで」と言い、用紙とボールペンをカウンターに置いた。男は、3秒ほど無言でいた。ためらっている……。やがて、ボールペンで書きはじめた。

僕は、男の様子をさりげなく見ていた。

三十代後半だろうか。髪は短く、カーキ色のパーカーを着ている。横浜らしい住所を書いている。目つきに落ち着きがない。

その時、僕と涼夏《すずか》の目が合った。中古CDの整理をしている彼女が、かすかに首を横に振った。ポニー・テールの先が少しだけ揺れた。

〈怪しいわ〉と彼女の目が言っている。〈そうだな〉僕は無言でうなずき返した。

♪


やがて、男が住所と名前を書き終えた。

「ほら」と言い、用紙を差し出した。僕は、ギターの製造番号《シリアル・ナンバー》を書きとめていた。

「何してるんだよ」と男。

「こいつのシリアル・ナンバーを書いてる。問い合わせる必要があるから」

「問い合わせる？」と男。その目つきが鋭くなった。

「何か疑ってるのか？」と言った。僕は、シリアル・ナンバーを書きとめたメモから顔を上げた。

「このギターには、弦が逆に張ってある」

「逆に？」

「そう、1弦から6弦までが普通とは逆に張ってある。という事は、左ききの人間が弾いてたものだ」

男の表情が変わった。

「だが、あんたはいま右手で住所や名前を書いていた。ちょっと不自然だから、いま問い合わせるんだ」

僕は言った。ギターを弾くときは左ききで、ほかは右ききという場合も、ないではない。けれど、男は僕を睨《にら》みつけた。

「このガキ、どこに問い合わせるってんだ」

僕はいま21歳。ガキといわれる年ではない。相手の台詞《せりふ》は無視。店の電話をとる。

「もちろん警察。少し待っててくれ」

と言った。が、男は待たなかった。僕の方に詰め寄ってきた。トレーナーの胸元をつかんだ。顔と顔が近づく。

「あんた、昼飯にギョーザ食ったな。ニンニク臭いぜ」僕は言った。本当の事だ。

「てめえ！」

と男。右手の拳を固めた。殴りかかってくる！

一瞬、先制フックをくわせようと思った。が、ギタリストの本能で、手で殴るのは思いとどまる。

相手の拳がとんでくる寸前。やつの顔面に頭突き。サッカーのヘディングのような頭突きを叩きつけた。

やつは、のけぞり、尻もちをついた。そこにあった譜面台が倒れた。

「商品を壊しちゃダメだよ」と僕。尻もちをついてるやつの胸に鼻血が流れはじめた。

やつは、のろのろと立ち上がる。

「覚えてろ！」と吐き捨てた。

「忘れちゃうかもな。とりあえず、警察がくるまで待ってろ」

まだ片手に持っている受話器を見せて言った。やつは早足で店の出入り口へ。ドアに体当たりし、外に走り出していった。


♪


「やっぱり……」と涼夏。カウンターにやってくる。

「あいつの声が、怪しかったか？」

「うん、嘘をついてるような声だった」

と涼夏。この子の超越的な聴覚は、それを聴き分けたらしい。

「だいたい、楽器屋にギターを持ってきて、〈マーチンのギ、タ、ーだ〉というセリフがおかしいよな」

と僕。やつが置き去りにしたマーチンを見た。

多くのギターには、弾き手のピックがボディを傷つけないように、ピックガードというプラスチック板が装着されている。

そのピックガードがついていない側に、細かいピックの傷がある。やはり、このギターは左ききの人間が弾いていたようだ。

僕がその事を言うと、涼夏はマーチンに顔を近づける。視力が弱いので、目を大きく開き、ギターから10センチまで顔を近づけた。

「あ、ほんとだ……」と、口を開き、少し間抜けな声でつぶやいた。

そのとき、店のドアが開き、陽一郎《よういちろう》が入ってきた。

「なんか、鼻血出した男が飛び出していったな。お前、殴り合いでもしたのか？」と言った。僕は苦笑。

「そんな乱暴な事はしないさ。ちょっと額がぶつかっただけだ」

「なるほど」


♪

と陽一郎。カウンターのマーチンを見た。

「じゃ、こいつは盗品か？」

「たぶん、そんなところだろう」と僕。「しかも、警察と聞いたとたん、あわててずらかった。あの様子だと前科でもあるかな」

僕は、男が書いていった名前と住所を見た。名前も住所もデタラメの可能性がある。ただし、この用紙に指紋はついているかもしれない。


♪


「ほら、メバル」と陽一郎。ビニール袋を差し出した。メバルは、春のいまが旬の魚だ。陽一郎は、近くの港に船を係留している漁師の息子。そして、僕が十代の頃にやっていたバンドのドラムスでもある。

やつが持ってきてくれたメバルは、何匹もありそうだ。

「哲《てつ》也これ、どうする？」陽一郎が僕に訊いた。

「時間があるなら、さばいてくれ」

「ついでに煮付けでも作ってくれとか？」

「その通り。晩飯食っていけよ。おれは、これから警察に連絡しなきゃならない」

「わかったよ」陽一郎は、苦笑い。

だが、嫌がってはいない。家業である漁師の仕事は手伝っている。が、それ以外、口うるさい親父と一緒にいるのが楽しくないのだ。

陽一郎は、メバルの入ったビニール袋を持って、店の二階に上がっていく。僕は、警察に電話をかけはじめる。葉山警察の巡査、常盤《ときわ》を呼び出す。

「哲也《てつ》、また喧嘩したのか？　そうそう面倒みられないぞ」と常盤。僕は苦笑。

「今回は違うよ」と事情を話しはじめた。


♪


「へえ、マーチンか……」と常盤。

やつは葉山警察の巡査だが、無類の音楽好き。非番のとき、よく店に来る。警察官としてはまだ若手なのに、伝説のバンド〈クリーム〉のファン。僕とは遠慮のないやり取りをする間柄だ。

僕は、詳しい事情を説明する。常盤はメモを取っている。

僕は、男が書いた用紙をあらためて見た。名前は土田次郎《つちだじろう》。

「この名前は偽名かもしれないけど、指紋はついている可能性がある」と僕。常盤はうなずいた。

「前科があれば、割り出せるかもしれない」

そう言い、用紙をビニール袋に入れた。ギターにも指紋がついている可能性があるので、マーチンをそっとケースに入れて持つ。

「連絡するよ」と言い、出て行った。


♪


「あ、いい匂い……」

と涼夏。鼻をぴくぴくとさせた。陽一郎が二階に上がって30分ほど過ぎた頃だった。

メバルの煮付けを作っている、その匂いに涼夏が気づいたらしい。僕には、まるでわからない。涼夏は嗅覚も特別のようだ。

「腹減ったな」と僕。涼夏が、〈うんうん〉という感じでうなずいた。ポニー・テールが上下に揺れた。

今日はもう店を閉める事にする。〈CLOSED〉のプレートをドアの外に出した。

僕らは、二階に上がっていった。

店の二階に、僕と涼夏が住んでいる。

そのダイニングキッチン。陽一郎が煮付けを作っていた。煮付けにしないメバルは、刺身にしている。電気釜では飯が炊けているようだ。

「いい女房になれるぜ」と僕。

「ばか野郎」と陽一郎。笑いながら、2本の菜箸《さいばし》で、調理台をトントンと叩いている。8ビートのリズムだった。2本の棒を持つとつい何かを叩く。ドラムスの習性だ。

僕は鍋の中を覗《のぞ》いた。煮付けは、かなりの量がある。

「昭《しょう》ちゃんも呼んでやれば?」僕は言った。昭次《しょうじ》は陽一郎の弟。いま高校2年だ。

「そうだな」と陽一郎。スマートフォンを取り出した。


♪

「ども」と昭次。少し遠慮ぎみに、ダイニングに入ってきた。この子にしては、やけに洒落《しゃれ》たポロシャツを着ている。涼夏を見ると、小さくうなずき、

「やあ」と言った。

「あ、昭ちゃん」と涼夏。

昭次の頬が少し赤くなった。どうやら、昭次は涼夏の事が好きらしい。高校2年の昭次はいま16歳。涼夏は、1つ年下の15歳だ。

陽一郎は、メバルの刺身を突つきながらビールを飲んでいる。僕もビールのグラスを脇に置き、涼夏のために魚の骨を取ってやっていた。

♪

「美味しい……」涼夏が、無邪気な口調で言った。僕が小骨まで取ってやったメバルの煮付けを口に入れている。皿にぐっと顔を近づけ、ほくほくと柔らかい白身を、しみじみとした表情で食べていた。そんな涼夏を、陽一郎が見ている。

♪

「涼《すず》ちゃんの眼、相変わらずなのか」陽一郎がビールのグラスを手にして言った。

晩飯を終え、涼夏は風呂に入っている。昭次は流しで食器を洗っている。

「あいつの視力は……まあ、いまのところ変わりないよ」僕は、つとめて淡々とした口調で言った。グラスに残っているビールを飲み干した。少し苦い味がした。

やがて、陽一郎と昭次は帰って行った。

♪

8時過ぎ。ダイニングの電話が鳴った。葉山警察の番号が表示されている。かけてきたのは、予想通り常盤だった。「指紋を採取できたよ」と言った。

2　君はもう、幼い少女ではなく

「で？」

「あれは、やはり偽名だった。本名は増田《ますだ》次郎。住所不定、無職。前科3犯。窃盗が2件と強盗傷害が1件だ」

「やっぱりか」

「で、あのマーチンだが、1週間前に、横浜市中区《なかく》の楽器店から盗まれたものだった」と常盤。「葉山あたりのローカルな楽器店なら上手く売れると思ったらしいな」

僕は特に驚かなかった。これまでにもあった事だ。

「盗まれた楽器店は、盗難届けを？」

「もちろん出てる。今さっき店に連絡したよ。明日、マーチンをとりにくるそうだ」常盤が言った。

♪


電話を切った僕は、振り向いた。

風呂から上がった涼夏が、冷蔵庫を開け、麦茶を取り出している。この子は、麦茶が好きだ。まだ4月初めなのに、冷蔵庫には麦茶が冷えている。

涼夏はコップに注いだ麦茶を飲んでいる。昼間はポニー・テールにしていた髪は、いま真ん中分け。肩にかかっている。

「あのマーチン、やっぱり盗品だった」

「そっか……」と涼夏。コップを手につぶやいた。

少し身長が伸びたかな……。涼夏を眺め、僕は胸の中でつぶやいていた。


♪


涼夏は、僕の従妹《いとこ》だ。

6歳近く離れているので、この子が赤ん坊の頃から見てきた。

小さい時から、お転婆だった。天然ボケのところもある。その辺は、いまも変わっていない。無邪気さを感じさせる表情も、そのままだ。が、身長は確実に伸びている。まだ、ほっそりとした少女の体つきだけれど、男の子みたいだった胸には、その年なりのふくらみが見えている。

♫　季節のページはめくられて
　幼い少女だった君は
　もう過ぎた日々のなかに……

そんな昔の曲のフレーズを僕は想い起こしていた。開いている窓から、柔らかい春の風が入って、涼夏の前髪を揺らした。

♪

翌日。午後1時過ぎ。
店のドアが開き、30歳ぐらいの男が入ってきた。ジーンズにパーカーという姿だった。

髪はやや長い。彼は、微笑しながら僕の方にやってきた。

あのマーチンを盗まれた楽器店のスタッフだという。

「ありがとう。おかげで、マーチンが戻ったよ。いま葉山警察で受け取ってきた」

僕は、うなずいた。やがて、

「ちょっといい？」

と彼。顔を貸してくれということらしい……。彼は、店のドアから出ていく。店内にいる涼夏に気を遣ったのだろうか。

僕も店の外に出た。前は、片側一車線のバス通り。そのすぐ向こうは、葉山・真名瀬《しんなせ》の小さな港と砂浜だ。

彼は、セブンスターをくわえ100円ライターで火をつけた。煙草の煙が、かすかな海風に運ばれていく。

「牧野哲也《まきのてつや》さん、だよね」と彼。訊くというより、念を押すという口調だった。

僕は無言でいた。それは、否定しない事になる。彼はたぶん、警察で僕のことを確認している……。煙草の煙を、ゆっくりと吐き、

「君が出したCDを持っててね」と彼は言った。それか……。僕はかすかにうなずいた。

「おれは好きだな、君のギター。テクニックはもちろんだけど、なんか、とんがってて」微笑しながら彼は言った。

「CDの2曲目だったかな……あのイントロはちょっと鳥肌が立ったよ」僕は、相変わらず無言。目の前の海を眺めていた。やがて、

「もう、CDは出さないの？」と彼。

「店が忙しいもんで」と僕。彼はかすかに笑い、

「そうは見えないけど」

と言った。一瞬、微妙な何かがその顔によぎった。同じように音楽にかかわっていた空気感が彼の周りに漂っている。目指していたものが楽器屋の店員という訳ではなさそうだった。

僕は黙って目の前を見ていた。一艘の小型漁船が、防波堤を回りこんでゆっくりと港に入ってくる。

「まあ、いいや。とにかくマーチンの件はありがとう」

彼は、ふっきるように言った。一度だけ、僕にうなずく。駐《と》めてある車に歩いていった。振り向かなかった。

った。

♪


「いまの人、なんの用事だったの」と涼夏。近所の人からもらった桜餅を食べながら言った。

「マーチンが戻ってきた、そのお礼だけさ」

「嘘……」涼夏が言った。僕は苦笑。この子の鋭敏な聴覚を忘れていた。

「彼は、おれが、いや、おれたちが出したCDを持ってるんだと」

「へえ……」

「で、おれのギターが好きだとさ」僕は、照れ隠しに肩をすくめた。

「わたしも好きだな、哲っちゃんのギター」と涼夏。彼女は、昔から僕のことを〈哲っちゃん〉と呼んでいる。僕は、軽くため息。

「過ぎたことだよ」

「でも、まだ3年前でしょう」

僕は、また、ため息をついた。

「もう、3年も前……」と言った。ふと涼夏を見た。桜餅を食べ終えた彼女。その唇の端にアンコがついている。僕はティッシュペーパーをとる。唇の端を、そっと拭いてやる。

「あ……」

と彼女。頬を赤くした。何か失敗したときに見せる恥ずかしそうな表情……。それは、子供だったときのままだ。

僕は、さりげなく店の棚にある中古ＣＤから、Bon Jovi《ボン・ジョヴィ》を抜き出す。プレーヤーに入れた。


♪


ギイッという音。店のドアが、ゆっくりと開いた。

一人の中年男が入ってきた。まず、顔だけ覗かせ、やたらゆっくりと入ってくる。

午後の6時近く。そろそろ店を閉めようかと思っていたところだ。

入ってきたのは、紺のスーツを着たおじさんだった。四十代の後半。髪はきちんと七三に分け、メタルフレームの眼鏡をかけている。企業の中間管理職という感じだった。

おじさんは、ギター・ケースを持っていた。四角いハード・ケースだ。スーツ姿とギター・ケースの対比がかなり奇妙だった。

おじさんは、しばらく店内を見回している。やがて、

「ここって、楽器の買い取りをしてくれるんだよね」と言った。僕は、うなずいた。

彼は、ギター・ケースをカウンターに置いた。それを、ゆっくりと開いた。

フェンダーのストラトキャスターだった。

エレクトリック・ギターを代表するモデル。ボディは黒で、ピックガードは白。

E《エリック》・クラプトン・モデルらしい。

「これを売る?」と僕。彼は、うなずいた。

「売れればなんだけど」と言った。僕は、そのストラトを見た。一見、状態は良さそうだ。

「ただ、かなり中をいじってあるんで」と彼。

「へえ……」僕は、つぶやいた。

ストラトキャスターは、シングル・コイルのピックアップが三連で装着されている。

それほど複雑な構造ではない。カスタマイズ、つまり改造するのはあまり難しくないはずだ。もちろん、上手にカスタマイズしてあるという保証は全くない。

「じゃ、とりあえず、預かるという事で」

僕は言い、彼に説明した。

うちでは、たいていの中古楽器は、買い取るのではなく、委託販売をしている。値段をつけて、店に並べる。それが売れた場合、金額の20パーセントを手数料として店でもらう形にしている。

持ち込まれた楽器をすべて買い取っていたら、うちのような小さな店では、資金ぐりが苦しくなる。

さらに、この方式だと、値段の設定によっては、売り手に入る金額は普通の買い取りより多くなる。それは、死んだ親父のやり方そのままだ。

「とりあえず、預かって、値段を決めたいんで……」

僕は言った。まず、音を出してみないと、値段がつけられない。特に、中をいじってあるギターは……。

「じゃ、それで」と彼はうなずいた。

「2、3日中に、売値を決めて連絡という事で」

僕は言い、用紙を出した。名前、住所、電話番号を書いてもらう用紙だ。彼は、淡々とした表情で書きはじめた。

名前は、木村俊之《きむらとしゆき》。住所は、葉山の町内。イトーピアという、山側にある住宅地だ。

電話番号を書くとき、彼は少し迷った。そして、携帯の番号を書いた。家の電話ではなく……。

それなりの事情があるのかもしれない。が、それは訊かない事にする。

「じゃ、これで」と木村。僕は、ギターの預り証を書き、彼に渡した。

♪

「あ……」涼夏が、小さな声を出した。僕が、そのストラトをアンプに繋《つな》ぎ、音を出しはじめたときだった。

「その音……」また、涼夏がつぶやいた。

3　E_7が空を飛ぶ

僕は、E_7のオープン・コードをさらりと弾き、さらに、1、2フレーズ、軽くソロを弾いたところだった。

「それ、フェンダーよね？」涼夏が言った。

「ああ、そうだよ」

彼女がうなずいた。そして、「ほかのフェンダーと、音が違う……」つぶやくように言った。

うちの店にフェンダーは何台かある。僕が遊び半分に弾くのも、フェンダーが多い。涼夏は、その音を聴いて毎日を過ごしている。それで、音の違いにすぐ気づいたのだろう。

「確かに……」

と僕。音の違いには気づいていた。また、E_7を弾いてみる。

「なんか、空に飛んでいきそうな音……」

涼夏が、つぶやいていた。いい表現だと思った。透明感があり、のびのびとした音だった。音の伸び、いわゆるサスティーンがすごく美しい。

自由に空を飛んでいるカモメを想い起こさせる音……。かなり、カスタマイズしてあるようだった。

僕は、改めてそのストラトを眺めた。外側を見てわかるのは、ブリッジとフレットだ。弦が直接に触れる金属部分は、どうやら替えてある。

中を開けてみようかと思ったが、いまはやめておく。僕は、さらに弾き続けた。


♪


翌日。午後1時過ぎ。店の電話が鳴った。かけてきたのは、あのストラトの持ち主、木村俊之だった。

「弾いてみたけど、確かに、かなりいじってる感じで」僕は言った。

「ああ……」と彼。「ブリッジはチタンで作った。フレットも打ち替えてある。ピックアップのコイルや配線の素材も替えてあるよ」

「なるほど……」僕はつぶやいた。

「ギンギンしたハードロックには向かないけど、こういう音が好きな人は多いから、そこその値段をつけてもいいんじゃ……」と言うと、

「実は、その件なんだが」と木村。「いま、ちょっと迷っててね」

「もしかして、売るかどうか、迷ってる？」

「そうなんだよ。君のところに持ち込んでおいて何なんだが、ちょっと」と木村。

「それなら、無理に売らなくても……」僕は言った。3、4秒して、

「もう少し考えてもいいかな？」

「もちろん」

「じゃ、1週間ほど考えさせてくれないか。その間、ストラトは預けておくよ。弾いてやっててくれ」と彼。

「了解」

「やっぱり……」涼夏がつぶやいた。そして、

「本当は売りたくないって声をしてたもの」と言った。

「ああ、これだけ手をかけたギターだからなぁ」と僕。同時に思っていた。ギターをいじる人間は、少なくない。が、これほど上手くカスタマイズしたものには初めて出会った。しかも、ブリッジはチタンで特別に作ったという。

一見サラリーマン風の木村は、何をしているどんな男なのか……。その疑問が、心に消え残った。


♪


考えごとをしていると、今度はスマートフォンが鳴った。

「哲っちゃん、いま話せる？」と持田《もちだ》の声。彼は、横須賀《よこすか》にある店のオーナーだ。持田の声を聞いただけで用件はわかる。

「誰が倒れた？」

「倒れたんじゃない。酔っ払って、事もあろうに交番に立ちションして捕まった」

「交番に立ちション？　やるじゃないか」僕が笑いながら言うと、そばにいる涼夏が飲んでた麦茶を吹き出しそうになった。

「で、その馬鹿は？」

「ブーフィーの山口だよ」

持田は言った。〈ブーフィー〉は、持田の店によくでているバンド。山口は、そのリード・ギターだ。それだけ聞けば充分。

「また、ピンチヒッターが欲しいんだな」

「その通り。頼むよ」

「そんな暇はないな。どっかの学生バンドから連れてこいよ」

「そう言うな。お前じゃないとダメだと、バンド・リーダーの佐藤が言ってるんだ」

僕は、軽いため息……。

「で、いつ？」

「明日の土曜。7時から3ステージ。なんとかならない？」

と持田。僕は、しばらく考える。その〈ブーフィー〉は、よく知っているバンドだ。

2回ほど演奏を手伝った事もある。そしていま、うちの店の景気は、正直あまり良くない。暇な土曜に多少ギャラを稼ぐのも悪くないだろう。

「わかったよ」と僕は言った。


♪


「そのギター、弾くの？」涼夏が、訊いた。

土曜。午後6時過ぎ。僕らは、店を閉めた。ワンボックスカーに、木村がカスタマイズしたストラトを積み込んだところだ。涼夏は、僕のパーカーのすそを片手で握って、すぐ後ろをついてくる。

「ギターは、しょっちゅう弾いてやらないとな」僕は言った。

〈ブーフィー〉はいわゆるロックバンドではない。ミディアム・テンポの曲とバラードをレパートリーにしている。そんなステージに、このストラトの音は合うだろう。

助手席に涼夏を乗せて、僕は車を出す。

♪


「助かったよ、哲也」

と佐藤。この〈ブーフィー〉のヴォーカル、そして、バンド・リーダーでもある。

午後7時少し前。持田がやっている店〈ジャム・ハウス〉。ドブ板通りの一本裏道にある。

その店にある、低いステージの上だ。

「これ、今日の」と佐藤。〈セットリスト〉、つまりやる曲のリストを僕に見せた。

僕は10秒ほどそれを見て、うなずいた。やっかいな曲はない。ミディアム・テンポの有名な曲ばかりだ。

ここは、基本ハンバーガーとビールの店。そんなステージでやるのは、これでいいのだろう。

僕は、あのストラトを肩にかけた。アンプに繋ぎ、軽く音を出す。1曲目のキーはG。それをほかのメンバーと確認する。

涼夏は、カウンター席の端に行儀よく腰かけている。

目が合う。涼夏はそっと、指を2本立てて見せた。2弦が何か……。

僕は、チューナーを取り出す。2弦のチューニングをチェックする。

確かに、2弦の音がほんのかすかに低い。チューナーで慎重に確認しないとわからない程のずれだ。並みのギタリストなら気づかないだろう。それでも、涼夏の耳は聴き分けたらしい。

僕は、2弦の音を正確に合わせた。涼夏にうなずいて見せた。

店のオーナー、持田がステージに来た。

「あと5分ぐらいで、はじめてくれないか」と言う。

土曜なので、店にはそこそこ客が入っている。すぐ近くにある横須賀ベースの兵隊やその家族が多い。恋人らしい女と来てる兵隊もいる。

〈横須賀ドブ板通り〉と聞いて人々が連想するやばい雰囲気は、もはやない。

兵隊たちは、談笑しながらビールを飲み、ハンバーガーやフレンチフライを食べている。誰もマリファナを吸っていないし、泥酔してもいない。喧嘩が起きる気配もない。

僕は、カウンター席に座っている涼夏を見た。彼女は、持田が出してくれたハンバーガーを前にしている。

僕が、〈この子に晩飯を食わせてやってくれ〉と頼んでおいたのだ。

持田は、涼夏を僕の妹だと思っている。が、それはそれで放っておく。わざわざ従妹だと説明するのは面倒だ。

従妹と一緒に暮らしている理由も、話せば長くなる。

ふと見れば、カウンター席の逆端に刈谷守《かりやまもる》がいた。ビールのグラスを手にしている。僕と目が合うと、小さくうなずいた。刈谷守は、横須賀出身のギタリスト。プロのスタジオ・ミュージシャンだ。一流のミュージシャン達の録音にもよく参加して稼いでいる。


♪


「いくか」バンド・リーダーの佐藤が言った。ほかのメンバーも、準備が出来たらしい。

暗かったステージにライトが落ちる。

ドラムスが、スティックを小さく鳴らして合図《カウント》を出す。

1曲目は、〈Wonderful Tonight《ワンダフル・トゥナイト》〉。

僕は、イントロを弾きはじめた。E・クラプトン独特の、チョーキングをかなり効かせたタッチで……。

そのイントロを弾きはじめたとたん、ビールを口に運ぶ刈谷の手が、ピタリと止まった。

4　スローハンドと呼ばれて

僕は、ギターのフレットを見ずに弾いていた。店内を、さりげなく見渡す。

刈谷守が、じっとこっちを見ているのがわかる。

イントロが終わる。ヴォーカルの佐藤が、セミ・アコースティックを弾きながら歌いはじめた。

やがて、コードCで、サビの部分に入る。

サビが終わると間奏、僕のギター・ソロ……。

クラプトン自身は、この部分、いろいろなフレーズを弾いている。僕は、わりと最近のものを選んでいた。

〈Slowhand At 70〉。クラプトンのニックネーム〈スローハンド〉をタイトルにつけたコンサートで、クラプトンが弾いていた美しいフレーズ。

かなり速いパッセージだが、これみよがしではなく、いい間奏だと思う。

僕は、フレットに視線を走らせ、それをかなり忠実に弾く……。

弾き終わり、顔を上げる。

やはり、刈谷がステージを見ている。その視線が、僕の足元に……。たぶん、エフェクターを使って音に変化をつけていないか、それを見ているのだ。が、いま、シールドケーブルはギターからアンプに直結してある。僕は、素知らぬ顔で弾き続けた。


♪


1回目のステージが終わった。客たちから、ささやかな拍手が湧き上がった。

僕は、ギターを置きステージをおりる。カウンター席の涼夏のところに歩く。

涼夏は、ハンバーガーを食べ終えたところらしい。紙ナプキンで、口を拭いている。

それでも、

「顔に何かついてないかな……」と僕に訊いた。アメリカ兵が相手なので、この店のハンバーガーは巨大。難点は、食べづらい事だ。

やはり、涼夏の唇の端、というより頬にケチャップがついている。カウンターの中には大きな鏡がある。が、涼夏には、映っている自分の顔がよく見えないのだろう。

「ケチャップが、ちょいとついてる」と僕は言った。

「あちゃ……」と涼夏。僕は、カウンターの紙ナプキンをとる。涼夏の頬についているケチャップを拭いてやった。その時だった。

「哲也君」という声。振り向くと、刈谷守がいた。


♪


「あのストラト、特別なカスタマイズしてる？」と刈谷。

「たぶん、してると思うけど」

「たぶん？　あのストラト、君のじゃないの？」

僕は説明する。葉山の店に持ち込まれたストラトだと……。

「じゃ、売り物？」

「それが、まだ売るかどうか決まらない状態で」僕は言った。売り手が迷っている事を説明した。刈谷は、うなずいている。

「あんな音のストラト、初めてだな」と言った。そして、

「実は、6月から新しい仕事に入るんだけど」と説明しはじめた。女性のシンガーソングライターが、新しいCDを出す。ギタリストとして、その録音の仕事をする予定だという。

「それには、あのストラトの音がぴたりなんだけどねぇ……」

と刈谷。

「その持ち主が、売るか売らないか、いつ頃わかるかな？」

「それほどかからないと思う」と僕。

「じゃ、わかり次第、連絡をくれるかな？　出来れば、あれが欲しい。いくらでも払うよ」と刈谷。僕らは携帯の番号を交換した。

♪

ステージが終わり、横須賀を出たのは11時半だった。

葉山に向かう。助手席の涼夏は、すぐに居眠りをはじめた。

途中の衣笠《きぬがさ》交差点で信号ストップ。涼夏の頭が、僕の肩にもたれかかる。ふと、

「コーナー・キック……」と寝言を言った。サッカーをやっていた頃の夢を見ているのだろうか。彼女の寝息からは、店で飲んだレモネードの香りがしていた。

♪


2日後。午前11時過ぎ。

若い女の客が、店に入ってきた。僕と同じ21歳ぐらいだろうか。

すぐに、サーファーかウインドサーファーだと思った。まだ4月なのに、かなり深い色に陽灼けしていたからだ。

髪はショートカット。ボーイッシュなベリーショートだ。大学名がアルファベットで入ったトレーナーを着て、ジーンズをはいている。

彼女は手ぶらだった。このあたりの娘《こ》……。とすると、ウインドサーファーだろう。

葉山や逗子の海岸に、サーフィンが出来るような波はめったに立たない。

だから、サーファーたちは、七里《しちり》ヶ浜《がはま》、辻堂《つじどう》、茅《ち》ヶ崎《がさき》などに行くし、そっちに住んでいる連中も多い。

そのかわり、葉山・逗子にはウインドサーファーが多い。ウインドのショップもかなりある。だから、このあたりで季節外れの陽灼けをしているのは、ウインドサーファーの可能性が高いのだ。

その、ウインドサーファーらしい彼女は、僕と目が合う。

「どうも」と言うと、感じ良く微笑した。店の中を眺めはじめた。

アコースティック・ギター。エレクトリック・ギター。ウクレレ。小型のアンプなど……。

ドラムスや大きなアンプなど、かさばる物は、裏にある倉庫に置いてある。

彼女は、壁ぎわに並んでいるウクレレを眺めはじめた。ゆっくりと見ている。

そして、片隅にあるCDのコーナーに行く。

そこには、涼夏がいた。いまは、ビートルズのCDをプレーヤーで再生しながら、チェックしている。彼女は、涼夏のそばにあるCDのケースを見た。

「これ、いくらですか?」と訊いた。

「あ、これはまだ値段をつけてなくて」と、涼夏が少しあせった声で言った。

この店に、中古のCDはかなり持ち込まれる。それは、ほどほどの値段で買い取っている。

買い取ったCD、それにキズがないかチェックするのが、いま涼夏の仕事になっている。

ノイズがあったり、音が飛ぶようなCDは、ただし書きをつけて、格安で並べるのだ。

そのため、CDの一枚一枚を再生してみる必要がある。

面倒な仕事だけれど、音楽が好きな涼夏は楽しんでやっているようだ。

しかも、恐ろしく耳がいい涼夏は、どんな小さなノイズでも発見する。

いま、お客の彼女が指差したCDは、ちょうど再生してチェックしているものだった。

CDプレーヤーから、〈Penny Lane《ペニー・レイン》〉が低く流れている。

「あ、そうなんだ」と彼女。

「明日になれば値段をつけて並べられるんですけど……」と涼夏。彼女は、うなずいた。

「じゃ、また来ます」と言った。僕にもう一度微笑し、店を出て行った。

♪

「さっきのお客さん、うちに来たの初めてよね」

涼夏が、コロッケとパンを手にして訊いた。

「ああ、初めてだよ」

僕らは、屋根の上でコロッケパンを食べようとしていた。

12時半。店は昼休み……。二階のリビングから窓枠を乗り越えて外に出る。そこは、店の屋根がそこそこ張り出している。僕らは、平らな屋根に腰かけていた。町内の旭《あさひ》屋で買ってきたコロッケとパンを手にしていた。

すぐ目の前は海。4月らしくない強い陽射しが、海面に反射している。白く小さなヨットの帆《セイル》が、いくつも海に散らばっている。大学ヨット部のディンギー、つまり小型のヨットだった。

いまは、春の合宿シーズンだ。各大学のヨット部は、葉山のあちこちで合宿をして練習をしている。

僕は、パンにコロッケをはさんだ。

「あの彼女、ちょっと不思議かもな」

と口にした。さっき来たショートカットの彼女。最初はウクレレを見ていて、やがて、CDに目を止めた。何を探しに、店に来たのだろう。

まあ、たまたま店が目について、ぶらっと立ち寄った。そう言えば、そんな感じもしたけれど……。とにかく、初めて見た顔には違いない。

「でも、あの人の声……」と涼夏。「なんか、聞いた事のあるような声だった」と、つぶやいた。

「声に聞き覚え？　でも、確かに初めてのお客だぜ」と僕。陽射しに眼を細め、コロッケパンをかじった。カモメが2羽、視界をよぎっていく。

「そうね……」と涼夏。彼女も、パンにコロッケをはさむ。それをかじろうとした時だった。

「あ……」涼夏が、思わずつぶやいた。何か、大事な事に気づいた時の表情だった。

5　エンジンが転調した

涼夏は、口を半開きにして宙を見ている。やがて、

「あの声、やっぱり似てる……」と、つぶやいた。

「似てる……。誰に？」僕が訊いた。涼夏は、こっちを見た。

「あの、「フェンダーを売ろうとしてる人」

フェンダーって、カスタマイズしたストラトか？」訊くと、うなずいた。木村俊之の事らしい……。

「あの人に、声が似てる？」僕は、訊き返す。涼夏が、はっきりとうなずいた。

なるほど……。僕は、心の中でつぶやいていた。性別や年齢をこえて、声の特徴に共通点があるのは珍しくない。特に肉親であれば……。

あのショートカットの彼女と、木村俊之に共通する声の特徴があると、涼夏の聴力が聴き分けたらしい。

「とすると、あの二人は肉親？」

「もしかしたら……。年からすると親子かなぁ」

涼夏が言った。彼女にそう言われて僕は気づいていた。木村俊之、そしてあの彼女。二人の目元がなんとなく似ているのに気づいた。コードのCとC_7が、似ているように。

「そうだとしたら、偶然なのかな……」

僕は、つぶやいた。木村俊之が、フェンダーのストラトキャスターをうちの店に持ってきた。そして4日後、その娘かもしれない子がうちの店にやってきた。しかも、何を探すでもなく……。

「いや、偶然というには、少し不自然かもしれない」僕がそう言うと、

「そうかも……」涼夏が、つぶやき、コロッケパンをかじった。海からの風が吹き、彼女が着ているデニムシャツの襟を揺らした。

♪


「よお、哲也」陽一郎の声が、スマートフォンから響いた。「仕事中か?」と僕。

「沖でジンダを水揚げしてるところ」と陽一郎。ジンダは、別名〈豆アジ〉とも呼ばれている。4、5センチの小さなアジだ。

「大漁か?」

「いや、ダメだ。売り物になるほどはとれてないな」

「じゃ、持ってこいよ。唐揚げにして、ビールでも飲もう」

「わかった。1時間ぐらいで行く」


♪


香ばしい匂いが、リビングに漂っていた。鍋の中では、ジンダが揚がっている。涼夏が、鼻をひくひくさせている。

陽一郎が、揚げたジンダを皿にとる。レモンをふりかけた。僕は、ビールを2缶、冷蔵庫から出した。1缶を陽一郎に渡す。陽一郎が缶ビールを開けながら、

「なんか用事があるのか？」と言った。

「まあな。お前、髪をえらくショートカットにしたウインドサーファー、見た事ないか？」

「ショートカットって事は、女か」

「ああ、若い子だ。おれたちと同じ、20歳過ぎだと思う」

僕は言った。陽一郎たち地元の漁師が漁をするのは、岸からせいぜい1海里《マイル》の沿岸だ。そして、そのあたりには、よくウインドサーファーが風をうけて走っている。

「髪をすごくショートカットにしたウインドサーファーの娘か……。確かに、見た事あるよ」陽一郎が言った。

「どこで……」

「どこって、ここ葉山の沖さ。よく見かけるよ。目立つからな」

「目立つ？」

「そう、派手なピンクのセイルを使ってるし、何より可愛いからな。あの娘のことを気にしてる若い漁師もいる」

「……なるほど。ウインドは上手いのか？」

「かなり上手い。そして、ルックスもいい」

僕は、缶ビール片手に肩をすくめた。「確かに、美人だったな……」とつぶやいた。

そのときだった。揚げたジンダを食べている涼夏の箸がふと止まった。陽一郎が、彼女の横顔を見ている。

♪

「で、あの娘に何か用か？」と陽一郎。

「ちょっとな」僕は言った。

涼夏は、いま風呂に入っている。僕は、陽一郎に説明しはじめた。店にフェンダーを持ってきた木村というサラリーマン風の男。そして、彼の娘かもしれないウインドサーファーの彼女。それを、サラリと説明した。

「なるほど」と陽一郎。「確かに何か訳ありかもな……」とつぶやく。

「だから、彼女に会って直接確かめたいんだ。また店に来るとは限らないから」僕は言った。陽一郎が、うなずいた。

「それはいいが、さっきの涼ちゃんの顔を見たか？」と言った。

「あいつの顔？」

「ああ、ウインドサーファーの娘を〈美人だ〉とお前が言ったときさ」

「それが？」

「箸を持ってる涼ちゃんの手が止まって、なんか複雑な顔してた」

「そうか？」

「そうさ。彼女なりに気になったんだよ。お前が、あのウインドサーファーの娘を〈確かに美人だ〉なんてはっきり言ったから、ドキッとしたんだよ」

「でも……涼夏は従妹だぜ」

「それがどうした。従妹だって、恋愛も結婚も出来る。それは知ってるだろう？」

「まあな……。でも、おれたちは兄妹みたいなもんだよ。子供の頃から一緒だった。言ってみりゃ、仲のいい兄妹……」

「どうかな？」

「それに、あいつはまだ15歳で、子供だよ」と僕。

「それも、どうかな。おれたちが15歳のとき、何をしてた」と陽一郎。僕は、しばらく無言。

僕らが15歳のとき、プロ志向のバンドをやっていた。僕はすでに、ギターで金を稼いでいた。

「お前、涼ちゃんの事をまだ子供だと思いたいんじゃないか？　彼女を両親から預かってる手前もあるだろうし……。柄《がら》にもなく、その事を意識してないか？」

陽一郎が言った。僕は、また無言でいた。そうなのだろうか……。自分に問いかけていた。ひとつだけ、わかる……。涼夏は、年のわりには無邪気であどけない。それが、何となく僕を安心させている事は、正直言ってあるだろう。やがて、

「わからん。結局、ボブ・ディランだな……」と、つぶやいた。

「ディラン？」

「ああ。答えは風に吹かれて行方不明だとさ……」

「かっこつけてるんじゃないよ」と陽一郎。笑いながら言った。テレビの天気予報が、明日の神奈川県は晴れ、南西の風5メートルと言っている。

風速5メートル……。僕と陽一郎は、顔を見合わせた。

♪


「確かに、5メートルってとこだな」と陽一郎。船のエンジンをかけながらつぶやいた。

午前10時。真名瀬漁港の桟橋。僕らは、海に出ようとしていた。

僕は、船の舫《もや》いを解《ほど》きながら、あたりを眺めた。海風が髪を揺らしている。陽一郎がつぶやいたように、ちょうど風速5メートルほどの風だった。

いい兆《きざ》しだ。

風速5メートルだと、海はベタ凪《なぎ》ではない。そこそこ吹いている。かと言って、白波が立つほどではない。つまり、腕のいいウインドサーファーにとっては、絶好のコンディションになる。

「彼女に会えるかな」と陽一郎。船のメーター類をチェックしている。

陽一郎の親父さんは、昨日からひどい腰痛。したがって、今日の漁はない。

僕らは、あの彼女を捜《さが》しに沖に出ようとしていた。

エンジンをかけたときは、少しかん高い音がしていた。そのエンジン音が、1音半ほど下がってきた。EからD♭に転調し、落ち着いてきたのだ。

「オーケー」と陽一郎。僕は、船に跳び移った。船は、ゆっくりとコンクリートの桟橋を離れる。港を出て行く。

♪


「おお、けっこういるなぁ」陽一郎が舵《かじ》を握って言った。

港を出て15分。ゆっくりと森戸《もりと》海岸の沖まで来たところだった。

快晴。陽射しが、海面に弾き返っている。太平洋側に大きな高気圧があるのだ。陽一郎が、クラッチを中立《ニュートラル》にして船を止めた。

ウインドサーファーが、かなりの数いた。みな、相当なスピードで海面を走っている。へっぴり腰の初心者もいれば、かなりの上級者もいる。

僕は、双眼鏡を手にした。周囲の海面を見回す。彼女のものと思われるピンクのセイルは、まだないようだ。

「まあ、気長に待とう」僕は言った。陽一郎が、うなずいた。ふと、「それはともかく、もうバンドやる気はないのか？」と言った。

「バンドか……」

「ああ、もうCDを作る気にはならないのか?」

と陽一郎。僕は、軽くため息……。海を見つめて無言でいた。


♪


ふいに無線が入った。

「昭栄丸《しょうえい》、とれっか?」と、しゃがれ声。いわゆる〈潮やけ〉した声だ。

「おお、克《かつ》にい」陽一郎が無線を返す。

「おう、陽一郎か。親父はどうした」

「腰をひどく痛めて、今日は外科だ」

「そりゃ災難だな。いま佐島《さじま》の沖なんだけどよぉ、南西がそこそこ吹いてきたな。気をつけな」

「あ、りょーかい。ありがとさん」というやりとり。佐島は葉山の南。そっちで南西風が強まっている、という事は、間もなくこっちでも吹いてくるという事だ。

僕は、海面を見渡した。すでに、南西の海面の色が変わっている。明るいブルーが、濃い色に変わってきた。風が強まってきたのだ。

やがて、周囲の海面に小さな白波が立ちはじめた。とたん、ひっくりかえるウインドサーファーが増えてきた。セイルをコントロール出来なくなったのだ。あわてて陸の方へ戻って行く連中も多い。

♪


「お……」双眼鏡を目に当てていた僕は、つぶやいた。そして、

「彼女のお出ましかな」と言った。双眼鏡の視界の中に、鮮やかなピンクのセイルが入ってきた。

「どっちだ」と陽一郎。

「船首《バウ》の2時方向だ」と僕。

「了解」陽一郎が言いながら、船のクラッチを入れた。ゆっくりと前進しはじめる。

ピンクのセイルは、強まってきた風をうけて、海面を走っている。かなりのスピード。

風が強まってきたので、上級者の彼女は海に出て来たのかもしれない。

「確かに、腕はいいな」僕は、陽一郎のわきに立ち、言った。

「そう、あれで美人だから、目立つ訳さ」陽一郎が舵を握って言った。そのときだった。

「やばい……」僕は、つぶやいた。

6　わたしの顔に何かついてる？

彼女は、海面を疾走していた。

7メートルほどの風をセイルにうけ、突っ走っていく。その先の海面には、定置網がある。つい最近設置された定置網だ。小さめの定置網なので、目印の旗などは立っていない。

彼女は、まっすぐ、その定置網の方向に走っていく。海面に細かい白波が立っているので、定置網があるのに、気づいていないらしい。一直線にそっちに向かっている。

「まずいな。突っ込むぞ」僕は言った。

陽一郎が、船のスピードを上げた。が、間に合わない。

ピンクのセイルが、定置網まで、10メートル、5メートル、3メートル……。

彼女は、そのままの勢いで突っ込んだ。定置網の周囲を囲んでいる太いロープに突っ込んだ。

ピンクのセイルが、前のめりに倒れた。同時に彼女も、つんのめって、海面に落ちた。

ボードが、ロープに引っかかったのだ。

陽一郎が、ガバナーを押し込む。船が、後ろから蹴られたようにスピードを上げた。

彼女まで、60メートル……50メートル……30……10……。

船が、スピードを落としながら彼女に近づいていく。彼女まで、あと3メートル。

僕は、船首に行く。

「大丈夫か！」と海面の彼女に声をかけた。彼女は、両手でボードにつかまっていた。

顔を上げた。「なんとか……」と言った。大きな怪我はしていないようだ。


♪


まず、彼女を引き上げる事にした。

陽一郎と2人がかりで、ウエットスーツ姿の彼女を船に引き上げた。その後、ボードとセイルも引き上げた。

「怪我は？」僕は訊いた。

「ちょっと、足首が……」と彼女。定置網に突っ込んだときに、足首を痛めたのかもしれない。座り込んで自分の左足首に触れている。

「戻ろう、どんどん風が上がってくる」と陽一郎。船のクラッチを入れた。スピードを上げはじめた。確かに、風はまた少し強くなっていた。

港に向かいはじめて5、6分。彼女が、ふと僕を見た。

「……あなたは……」とつぶやいた。どうやら気づいたらしい。

「ああ、楽器屋のお兄さんだよ。今日は、こいつに付き合って漁師さ」と言った。港が近づいてきた。

♪

「とりあえず、医者だな」と僕は言った。

船を栈橋につけ、陸に上がったところだった。ウエットスーツから出ている彼女の足首は、腫れてはいない。が、痛みはあるようだ。すぐ医者に行くべきだろう。僕は、陽一郎の軽トラックに彼女を乗せた。葉山町内にある外科に向かう。

♪


「いるか！　ヤブ医者！」

僕は大きな声を出した。ドアを開けて外科の待合室に入ったところだった。いま、患者はいない。ガランとしている。

〈羽生《はぶ》外科〉という。だが、顔なじみの連中はみな〈ハブ〉ではなく〈ヤブ外科〉と呼んでいる。

「誰だ」という声。奥から羽生が出てきた。

「なんだ、哲也《てつ》か」と羽生。彼はまだ三十代に入ったばかりだ。早々と引退してゴルフ三昧の親父に代わってこの外科をやっている。

「言っとくが、ヤブは親父で、おれは名医だ」と羽生。

「わかったよ、名医。彼女を診てくれ。足首を痛めたらしい」僕は言った。

ナースが出てきて、受け付け用紙を差し出した。彼女は、ボールペンを持つ。〈木村彩子《あやこ》〉と書いた。僕は、さりげなくそれを見ていた。苗字が木村……。そして住所はイトーピア、木村俊之と同じ番地。

やはり、あの木村俊之の娘だった……。

♪


「捻挫だな。湿布でなんとかなるだろう」と羽生。彼女の足首に湿布を巻いた。ナースが予備の湿布薬を用意している。そのとき、羽生がふと口を開いた。

「涼ちゃんはどうしてる？」と訊いた。

「ああ……店の手伝いをしてるよ」

「そうか。眼の具合は？」

「相変わらずかな……」僕が言うと、羽生はうなずいた。僕らは、ナースから湿布薬を受け取ると外科を出た。

「とりあえず、どこまで送る？」と訊いた。

「逗子のショップに送ってもらえたら、すごく助かるわ」と木村彩子。逗子海岸にあるウインドのショップに、服や荷物を預けてあるという。

「了解」僕は言った。彼女を軽トラに乗せた。

♪


その翌日。午後2時。

彼女、木村彩子が店にやって来た。膝丈《ひざたけ》のパンツをはいて、足元はビーチサンダル。左足首には湿布を貼っている。少し足を引きずっている。

「昨日は、ほんとにありがとう」と言い、頭を下げた。僕は、ギターを修理している手を止めた。CDの整理をしている涼夏も、彼女を見た。

「足の具合は?」

「しばらくウインドはお休みだけど、それほどひどい事はないみたい。助かったわ」と彩子。

「これ、ほんの気持ち」と言い、和菓子屋の包みを差し出した。涼夏が、それに顔を近づけて見た。

「あ、時雨《しぐれ》屋さん」と言った。時雨屋は、葉山町内にある和菓子屋。特に水羊羹《ようかん》が定評のある店だ。

「ここの水羊羹、好き?」と彩子。涼夏が、コクリと首を縦に振った。「よかった」と彩子が言った。

♪


「はい、麦茶です」と涼夏。グラスに注いだ麦茶を彩子の方に持っていく。

彩子は、店の隅にあるテーブルにいた。お客がギターやウクレレを試し弾きできるように置いてあるテーブルとイスだ。

涼夏は、彩子の前に麦茶のグラスを置く。

「どうもありがとう」と彩子。そのとき、涼夏は自分の顔を彩子の顔に近づける。30センチぐらいまで近づけた。彩子の顔をじっと見た。

「あの……わたしの顔に何かついてる？」と彩子。

「あ、そういう訳じゃなくて」と涼夏。頰を赤く染めて「ごめんなさい」と言った。

僕には、その理由がわかった。涼夏は、彩子の顔を近くでちゃんと見ようとしたのだ。

もしかしたら、僕が〈美人だ〉と言ったから、それが気になって……。

♪


「あ……」彩子がつぶやいた。

店内には、地元の〈湘南ビーチFM〉が低く流れている。ちょうどニュースをやっている。昨日起きた事故のニュースが流れていた。

昨日、彩子を助けてから、風はさらに強くなった。太平洋高気圧が、予想を超えて関東に接近した。予報が完全に外れたのだ。

風速10メートルを超えたのだろう。海は大荒れになった。

午後3時過ぎ。稲村《いなむら》ヶ《が》崎《さき》の沖で、プレジャーボート同士が衝突した。うち1艇は海上で転覆したらしい。

海上保安庁のヘリが、その方向に飛んで行くのが見えた。

FMのニュースはいま、その事故の事を伝えている。

転覆したボートに乗っていたうちの1人が、今日の昼頃、遺体で発見された。それをFMのパーソナリティが伝えている。彩子は、そのニュースをじっと聞いている。やがて、

「危なかった……」と、つぶやいた。

「あのとき助けてもらわなかったら、どうなってたか……。なんてお礼を言ったらいいか、わからないわ」と彩子。僕は、ギターのペグを修理する手を止めた。彼女を見た。

「お礼はいいけど、もしよかったら、一つ教えて欲しい事があるんだ」と言った。

「教えて欲しい？」彩子が、僕を見た。

「そう、君がこの店に来た理由。そして、それが、お父さんとどう関係してるかという事」

僕は言った。麦茶に口をつけようとしていた彼女の手が、止まった。

♪

「わたしの父……」彼女が、つぶやいた。

「そう、木村俊之さん。親父さんだよね。住所も同じだし……。実は親父さん、ついこの前、ここに来たんだ」と僕。

彼女は、無言……。

「そのすぐ後、君がここにやって来た。どう考えても、無関係とは思えない。何か訳がありそうだ。もしよかったら、そのあたりの事情を教えてくれないか」
僕は言った。彼女は、じっと麦茶のグラスを見ている。1、2分は無言でいた。
「あの……ここだけの話ってことで聞いてくれる？」
僕はうなずいた。「もちろん」
それでも、彼女はまだ話すのをためらっていた。涼夏も、CDを整理する手を止めて
彼女の方を見ている。やがて、
「あの……父が浮気をしてるかもしれなくて」と彼女が口を開いた。

7　父の隠れ家

「浮気？」僕は、思わず訊き返していた。実直なサラリーマンという感じの木村俊之を思い浮かべた。

「あ、もちろん、それが事実かどうか、まだわからないんだけど」と彩子。

「じゃ、どうして……」と僕。彼女は、麦茶をひと口飲んだ。

「……父が、家族に内緒で部屋を借りてる事がわかって……」

「部屋……。どこに？」

「森戸海岸の近くなんだけど」彼女は言った。

「でも、なぜそれがわかったのかな？」

「……毎月、部屋の家賃を払っている、その領収書を、母がたまたま見つけちゃって」

と彩子。僕は、軽く苦笑い。

「ドジな話だな」と言った。「で、親父さんは、浮気してるのが家族にばれたのを知ってる？」

「まだ、浮気と決まったわけじゃないの」と彩子。

「あ、そうか……容疑の段階だな。で、親父さんは、家族に疑われてると気づいてる？」

「たぶん、まったく気づいてないと思うわ」彩子が、言った。


♪


FMから、小野リサの曲が流れはじめた。

「もしかして、君はお母さんに頼まれて、親父さんを探ってる？」

僕は訊いた。彼女は、しばらく無言……。やはり、言いづらい事なのだろう。

「……いちおう、母からは頼まれたわ。もしお父さんが浮気をしてるなら、その証拠をつかんで欲しいと」

「それで？」

「お父さんが裏切ってるなら、その証拠をつかみたいっていう母の気持ちも分からないではないわ。でも……」

と彩子。FMが、天気予報を流しはじめた。彩子は、深呼吸……。

「わたしは、お父さんの事が好き。平凡なサラリーマンかもしれないけど、わたしにはすごく思いやりがあって……」

と彩子。ポケットからスマートフォンを取り出した。一枚の写真を画面に出した。

どこかのビーチ。背景は青い海。ウエットスーツを着た彼女が、父の俊之と並んで写っている。

彼女は今より若い。

「17歳の6月初めよ。伊豆の弓ケ浜《ゆみがはま》で開かれたウインドの大会に出場したの。そのとき、お父さんが応援に来てくれて……」

と言った。僕は、その写真をじっと見た。半袖のポロシャツを着た父。グレーのウエットスーツ姿の少女。彼女は優勝でもしたのか、トロフィーを持っている。髪はやはりショートカットだ。

二人は、初夏らしい陽射しを浴びて笑顔を見せている。

「本当は、わたし、お父さんが浮気してるとは思いたくない……。それなら、なぜお父さんは部屋を借りてるのか、それを確かめたくて……」と彩子。

♪

「で、親父さんの後をつけた？」訊くと、かすかにうなずいた。

「1カ月ほど前から、さりげなくお父さんの様子を探りはじめたわ……。そうしたら、2週間ぐらい前の事だった。お父さんは、このお店の前にしばらく立っていたの」

「うちの前に？」

「そう。何をするでもなく、このお店のショーウィンドウを眺めてたわ。並んでるギターを眺めてた。10分以上も……」

と彩子。僕は、なるほどと思っていた。それは、うちにフェンダーを持ってくる少し前の事だ。

「それを、不思議に思って？」と僕。「それで、この店に来てみた訳か……」と訊いた。

彼女は、ゆっくりとうなずいた。

♪

　ＦＭから流れる曲が、ジャズバラードに変わっていた。

「お父さんが、学生の頃に趣味で音楽をやっていたと聞いた事はあるわ。軽音楽部でギターを弾いてたという話を……」と彩子。なるほどと、僕は思った。同時に、木村俊之が店に来た理由を彼女に話すべきかどうか、考えていた。

が、いまはそのタイミングではないと感じた。まだ、いろいろな事が謎の中だ……。

そこで、

「親父さんは、まだギターに興味があるみたいでね。何かいい中古のギターがないかと、うちの店に来たらしい」

　と僕。

「何か出物があったら連絡するという話になってるよ」と言った。

「そうなのね……」と彼女。「お父さん、昔からずっと忙しく働いてきたけど、最近少し余裕ができたみたいだから、またギターをやりたくなったのかしら……」

「そうかもしれない。いずれ、いろいろわかると思う。本当に浮気してるかという事も含めて」僕は言った。彼女は、うなずいた。

「もし何かわかったら、教えて欲しいんだけど、電話番号を訊いていい？」

「もちろん」僕らは、携帯の番号を交換した。


♪


「あいつの所へ？」と僕。彩子は、陽一郎の所へも、昨日のお礼に行くという。

「すぐそこの港だったわよね」

「ああ。でも、わかりにくいから一緒に行くよ」僕は言った。陽一郎の所は、お客相手の遊漁船ではないので、看板などを一切出していないのだ。店を涼夏にまかせて、僕らは外に出た。


♪


「お店にいる彼女は、妹さん？」と彩子。僕らは、港に向かって歩いていた。

「いや、従妹なんだ」

「そう……可愛い子ね」

「どうかな？　よくわからないなぁ……。子供の頃からずっと見てるし……」そう言うと、彩子は微笑した。

「身内の事って、意外にわからないものかも……」と、つぶやいた。父親の事を言っているのだろうか……。

「それはそうと、彼女、近眼？」と彩子。「さっきも、ＣＤをすごく顔に近づけてたし」と言った。確かに、ＣＤを扱うとき、涼夏は顔のすぐ前まで持ってくる。そうしないとジャケットの文字が読めないのだ。

「まあ……ね、すごい近眼」と僕。それ以上、詳しい説明はしなかった。港が近づいてきた。

♪

30分後。陽一郎の家の庭。にぎやかな笑い声が響いていた。

陽一郎は、冗談を言い彩子を笑わせている。当然、彼女に気に入られたいのだろう。

僕は、「店番に戻るよ」と言い、陽一郎の家を出た。ゆっくり歩いて、店に戻る。

店の前まできて、ふと思い出した。さっき、彩子が言っていたこと。あの木村俊之が、このショーウィンドウを10分以上も眺めていた、それを思い出していた。

僕は、そう大きくはないショーウィンドウの前に立ってみた。

中には、ギターが3台飾ってある。アコースティックが1台。エレクトリック・ギターが2台。その1台は、フェンダーだった。

あの木村俊之は、そのフェンダーをじっと眺めていたのだろうか。もしかしたら、複雑な思いを胸に秘めて……。斜めに射している午後の陽射しが、ショーウィンドウのガラスや、ギターの弦に光っている。

その向こうの店内に、僕の視線が……。

涼夏がいた。テーブルに置いた水羊羹をスプーンで食べているところらしかった。

だが、彼女は手を止めていた。水羊羹は、半分ぐらいしか食べていない。そして、宙を見ている……。大好きな水羊羹のはずなのに。

何か、考え込んでいるようだった。そして、その横顔は、しょんぼりしているようにも見えた……。

僕は、何食わぬ顔をして店のドアを開けた。その物音を聞いて、涼夏があわてて振り向いた。

「あ、お帰りなさい」と言い、小さなスプーンで水羊羹を食べはじめた。

僕は、カウンターに行く。まだ修理途中のギターがある。

「やっぱり、きれいな人だった……」と涼夏。彩子の事らしい。

「彼女か……」

「そう、スタイルもいいし、大人っぽいし」涼夏は、快活な表情で言った。が、その快活さはかなり無理をして作ったものにも見えた。

僕は、黙ってギターの修理を再開した。手を動かしながらも、水羊羹を食べている涼夏の横顔を見ていた。FMから、K《キース》・ジャレットのスローなナンバーが流れはじめた。


♪


カツ丼の匂いが、リビングに漂っていた。夜の7時。今夜は出前ですます事にした。

僕はビールを飲みながら、涼夏は麦茶を飲みながら、カツ丼を食べはじめた。

「あの木村さん……」と涼夏。箸を使いながら、つぶやいた。

「本当に浮気してるのかなぁ……」

「まあ、ああいう真面目そうな人間に限って、えらく女好きだったりするからなぁ」

「哲っちゃん！」と涼夏。僕は苦笑。

「まあ、それは、現場を押さえるまでわからないな。彼がその隠れ家で何をしてるのか……」と僕。涼夏が、かすかにうなずいた。

「どっちにしても、出来るだけ早くはっきりさせた方がいいだろうな」

僕は、さっき彩子と歩きながら聞いた木村俊之の行動パターンを思い浮かべていた。

涼夏は、黙々とカツ丼を食べている。


♪


チャンスは、次の土曜にやってきた。

午前11時半。彩子から電話がきた。父の俊之が、釣りに行くしたくをしているという。

木村俊之は、〈海岸で釣りをしてくる〉と言って家を出る。そして、森戸に借りている部屋に行くのだという。

「あと30分ぐらいで、部屋に行くと思う」と彩子。

「わかった。いよいよ尻尾をつかめるのか……。これから部屋に行くよ」僕は言った。

部屋の場所はすでに聞いている。

「わたしも、すぐに行くわ」彩子が言った。

電話を切ると、店の外に〈臨時休業〉のプレートを出した。僕と涼夏は、店を出て森戸に向かう……。涼夏は少し緊張してるようだ……。


♪


部屋は、すぐにわかった。

森戸海岸の端、葉山マリーナに近い。砂浜まで20メートル。二階建ての、こぎれいなアパートという感じだった。各階に5部屋ずつある。海が近いので、シーカヤックやウインドサーフィンの道具を外に置いてある部屋が多い。松の木立が地面に影を落としている。

僕らは、アパートの前で待つ。砂浜からの波音を聞きながら……。

「さあ、どうなるか……」と僕。

「哲っちゃん、面白がってない？」と涼夏。

「いや、そんな事は……」

その時、近づいてくる足音。角を曲がって、木村俊之が歩いてきた。その足が、止まる。僕らを見て、その表情が固まった。

8　センチメンタル過ぎるかな

「君たちは……」

俊之は、さすがに驚いた表情を浮かべた。僕と涼夏を見ている。片手には、釣り竿を持っている。肩からは、クーラーボックスを下げている。釣りを装ったカジュアルな服装だった。

「なぜ……」と俊之がつぶやいた。その時だった。

「お父さん」という声。彩子が、俊之の斜め後ろに立っていた。


♪

「なるほど……」と俊之。「この隠れ家がばれてたのか」と言った。

少し苦笑いした。彩子が、簡単に説明したところだった。領収書の事から、家族にこの隠れ家がばれていると……。

「そういう事か」と俊之。軽く苦笑い。彩子や僕らを見た。

「じゃ、仕方ない。私の愛人を紹介しよう」と言った。涼夏が、驚いた表情をした。

♪

「これは……」と彩子がつぶやいた。

俊之が、部屋のドアを開け、僕らは、その部屋に入ったところだった。

部屋は、早い話、作業場だった。いわゆる1DKの広さだろうか。板の間の部屋は、言ってみればギター工房のようだった。

真ん中に、作業台がある。その上に、いま1台のエレクトリック・ギターがある。ピックアップの部分は、分解されている。

作業台の上には、さまざまな工具がある。壁ぎわには、分解されたギターがある。ボディの部分。ネックの部分。さらに、いろいろな電気部品。ドライバーやラジオペンチ……。

マーシャルの中型アンプも置かれている。これはギターを弾いて音を出してみるためだろう。あとは、小型の冷蔵庫があるだけだ。俊之は、作業台の上のギターを目でさした。

「これが、私の愛人だよ」と微笑しながら言った。

「いかした愛人だな。ウエストはくびれてるし」僕はつぶやいた。

♪

「私の唯一の趣味が、ギターだった……」俊之は、缶ビールを片手に言った。

15分後。僕らは、庭にいた。部屋の外には、海に面したそこそこの広さの庭がある。雑草を刈ったその庭に、パイプチェアーや簡単なテーブルが置かれていた。俊之と僕は、彼が冷蔵庫から出してきた缶ビール。涼夏と彩子は、ペットボトルの烏龍茶を飲んでいた。

「私は、数学や理科が得意だが、まあ平凡な中学生だった」と俊之。缶ビールを、ひと口。

「だが……あれは、中学3年の夏だった。友人の家にいたとき、彼のステレオから流れてきた曲が耳を直撃して、私は衝撃を受けた」

「……その曲は？」僕は訊いた。

「ジミ・ヘンドリックスの……」

「パープル・ヘイズ？」

僕が言うと、俊之はうなずいた。J《ジミ》・ヘンドリックスの〈Purple Haze《パープル・ヘイズ》〉は、ジミを代表するナンバーだ。

「それを聴いたときは、ショックだったよ」と俊之。僕は軽く苦笑い。彼が言った〈曲が耳を直撃して〉のフレーズは、よくわかる。そのショックも想像がつく。

「その2週間後、私は親にねだってギターを手に入れたよ。安物の国産ギターだったが」俊之は、缶ビールに口をつけた。

「それからは、ギター漬けの生活がはじまったよ。毎日、飯を食うのも忘れて何時間も弾いてたなぁ……。クラプトン、ジミー・ペイジ、ジェフ・ベック……」

と俊之。過ぎた日のページをめくるような表情。

「勉強はそこそこしたが、それ以外はギターを弾く生活だった。高校の3年間……軽音楽部に入っていた大学時代と……」

「軽音じゃ、リード・ギターを？」訊くと、彼はうなずいた。

「と言っても、しょせんはアマチュアのレベルだけどね。けれど、その頃になると別の興味が出てきたんだ」


♪


「それが、ギターのカスタマイズ？」僕が言い、彼はうなずいた。

「私は、理工学部の学生だった。電気部品や配線などを扱うのは自分の専門分野だし、へたなギター・メーカーのエンジニアより技術的には上だったかもしれない」と俊之。

「ほんのちょっとしたセッティングの違いで、ギターの音が大きく変わる、それを発見した時は心がときめいたよ。それからは、ギターを弾く時間より、ギターをいじってる時間の方がふえていった。何時間でもギターをいじっていたもんだよ……」

と言い、ビールに口をつけた。

「……それで、ギター・メーカーに入ろうとは思わなかったのかな？」

と僕。彼は、首を横に振った。

「その頃には、家電業界では大手のメーカーに入社する内定がとれていた」と彼。

「社員が数人、せいぜい数十人のギター・メーカーと大手企業では、比較する余地も、選択の余地もなかったよ」というその口調に、かすかな苦さが感じられた。

彼は目を細め、目の前の砂浜を眺めていた。

ヨット部の学生たちが、ディンギーを海に出そうとしていた。屈託のない元気な声が、砂浜に響いている。俊之は、じっとその学生たちの光景を見ている。

僕は僕で、そんな彼の横顔を眺めていた。

彼の心には、いまどんな思いが溢れているのだろう。

もう一度、大学生の頃に戻れるのなら、自分はあの頃と同じ選択をしたのか……。そんな感慨が彼の胸をよぎったと考えるのは、センチメンタル過ぎるだろうか……。

僕も目を細め、砂浜を眺めた。大学生のヨットはセイルに風をはらませる。船首から飛沫《しぶき》を上げ、沖を目指していく……。

「で、大学を卒業してからは？」


♪

「内定がとれていた大手の企業に入ったよ」俊之は言った。

それまで黙って話を聞いていた彩子が、彼の顔を見て口を開いた。

「……ギター・メーカーに入らず、大企業に就職する。それに迷いはなかった？」

俊之は、しばらく無言……。

「迷いがなかったと言えば嘘になる。でも、お前も知ってるように、私の父も大手の保険会社に勤めていた。そんな状況で、ギター作りを仕事にするなんて、とても言えなかったよ」と俊之。目の前の海をじっと見た。

春先にしては明るい陽射しが、海面に反射していた。カモメが3羽、視界をよぎっていく。やがて、俊之は大きくため息をついた。そして、

「……正直に言おう。私が大企業を選んだのは、父の事もあったが、結局は自分に勇気がなかったんだな」

と静かな声で言った。涼夏が、彼の横顔を見た。

「そう……父が大企業に勤めているのは、事実だった。だが、そんな父と衝突しても、自分が望む道に進む事は出来たと思う」と俊之。

「だが、正直に言って、その勇気がなかったんだ。で、ひたすら安全な道を選んでしまった。弱虫だったのかな……」

と言った。ほろ苦く微笑した。僕は、かすかにうなずいた。そこまで率直に話す彼に、一種の好感を持ったのだ。

♪

「そうして、私はサラリーマンになった……。まずまず順調に仕事をしてきたと思う。だが……」彼は、そこで言葉を切った。僕も涼夏も、彼の横顔を見た。
「だが……ある日、予想外のことが起きた」

9　このギターは、夢のかけら

海からの風が吹いた。涼夏が着ているギンガムチェックのシャツ、その襟がかすかに揺れた。

「……私は、入社した家電メーカーで、エンジニアとして仕事をしてきた。さまざまなオーディオ機器の設計や液晶テレビの開発など、質の高い仕事をしてきたと思う」

と俊之。彩子を見て、

「家庭も持ち、長女のお前と、弟の博之《ひろゆき》も生まれた。順調な生活が続き、ギターのことは忘れていた。だが……」彼は、そこで言葉を切った。

♪


「あれは、3年前だった。仕事を終えた私は、若い社員たちに誘われて飲みに行った」と俊之。

「行ったのは、にぎやかな店だった。片隅にスクリーンがあり、ライヴ演奏の映像が流れていた。それは、クラプトンのものだった」

「クラプトン……」僕は、つぶやいた。

「ああ、わりと最近のものだった。白髪まじりの髪を短く刈っているクラプトンが、演奏をしていた」

「曲は？」

「確か、〈クロスロード〉だった。アメリカのどこかでやったコンサートの映像らしかった」

と俊之。僕は、うなずいた。クラプトンは、70歳を過ぎてもコンサート・ツアーをやっている。

「最初は、何気なく観てたよ。だが、ギター・ソロのところにくると、私の腕に鳥肌が立ってきたよ。クラプトンは、若かった頃と変わらない激しさで速いパッセージを弾いていた。フレットの上で指が走っていて、ストラトから流れる音は、強く美しかった……」

その時を思い出すような表情で彼は言った。

「心臓の鼓動が速くなるのを感じた。話しかけてくる相手には、適当な相づちをうって、私は画像を見つめていた……」

若い白人女性が、波打ちぎわをジョギングしている。Tシャツ、ショートパンツ。後ろで束ねた金髪が、リズミカルに揺れている。

「……また、ギターの音に心を嚙みつかれた？」と僕。彼は、苦笑してうなずいた。

♪

「それから後は、わかると思う」と彼。「私は、家族に内緒でこの部屋を借り、またギターいじりをはじめたよ」

「その結果が、うちの店に持ってきたあのストラトキャスター……」と僕。

「ああ、そういうこと」彼は、うなずいた。そして、

「楽しい3年間だったが、それもまもなく終わりだ」と言った。

「終わる……」

涼夏が、俊之の横顔を見てつぶやいた。彼は、うなずく。

「私も、48歳になった。そろそろエンジニアとしてのキャリアが終わる」

「……となると？」僕は訊いた。

「まあ、いわゆる部長職という立場になる。この6月に辞令が出る予定なんだ」

「それは、出世ということ？」彩子が訊いた。

「まあ、サラリーマンの世界では、そうなるだろうね。けれど、忙しくなる」と俊之。

「家電業界も大変な時代だ。そこで部長職となれば、ひどく忙しくなるだろうなぁ」

と言った。

「で、もうギターいじりどころではない？」と僕。俊之は、小さくうなずいた。

「土日も心が休まる暇がなくなるだろうな。とても、ギター工房などやってる場合じゃないと思う」

「……それで、ギターのカスタマイズはジ・エンド？」僕が訊いた。彼は、また、ゆっくりとうなずいた。

「仕方ないよ」と言った。彼が、あのストラトキャスターを売りにきた理由が、はっきりとわかった。

「……それじゃ、うちに預けてあるあのストラトは、本当に売ってしまっていいってことかな？」訊くと、彼はかすかにうなずいた。

太陽が、少し西に傾いてきた。海に出ていくウインドサーファー。そのセイルが、陽射しを浴びて透けている。俊之は、じっと水平線を見ている。手にしたビールのアルミ缶に、陽射しが反射している。

♪

「なんだか、切ない……」涼夏が、しょんぼりした声でつぶやいた。

店に夕方の陽が射し込んでいた。涼夏は、グラスに注いだ麦茶を飲んでいる。

僕は、俊之がカスタマイズしたあのストラトキャスターを膝にのせていた。

俊之が、このギターを売る気になった。そのことは、さっき刈谷守に電話連絡した。

彼はいまコンサート・ツアーで福岡にいるという。ギターの受け渡しは、10日後という事になった。

僕は、そのストラトをアンプに繋いだ。ギターの弦に、窓から入る夕陽が光っている。

何気なく、B♭のコードを弾いた。そして、C_7……。アンプから流れる音は、心なし寂しげに聞こえた。

僕は、ストラトを膝にのせたまま、店の中を眺めた。

ギターが、並んでいる。フェンダー、ギブソン、ヤマハ、などなど……。それらは、みな、店に持ち込まれたものだ。

音楽をやめてしまった、何かの事情でギターを弾くのをやめてしまった、そんなことで持ち込まれたものだった。

僕は、そんなギターたちを眺める。ぽつりとつぶやいた。

「これは、夢のかけらなのかもしれないな……」と……。

涼夏が、麦茶のグラスを手にしたまま、小さくうなずいた。

その瞳に、うっすらと涙がにじんでいる。15年というこれまでの人生で、いろいろなものを諦《あきら》めてきた涼夏には、何かを諦めることの辛さが切実に感じられるのだろう……。

僕は、ストラトを膝から下ろし、かたわらのスタンドに立てかけた。涼夏の肩に、片手を置いた。

涼夏の片手が、そっと僕の手に重ねられた。彼女の体温を感じる……。

ショーウィンドウから入る夕陽が、涼夏のポニー・テールに射している。店のCDプレーヤーからは、B《ビリー》・プレストンが歌う〈You Are So Beautiful《ユー・アー・ソー・ビューティフル》〉が低く流れている。


♪


「うちで撮影を？」

僕は、スマートフォンを手に彩子に訊き返した。

昼過ぎ。ギブソンのボディにポリッシュをかけているところだった。

「いま編集者の人が一緒だから、ちょっと替わるわね」と彩子。すぐ、男性が電話に出た。

「はじめまして。〈ウインド・ウエーヴ〉という雑誌の編集をしている高木といいます」と、丁寧に話しはじめた。その〈ウインド・ウエーヴ〉は、ウインドサーフィンの専門誌なのだという。

「木村彩子ちゃんには、うちの雑誌に毎月のように出てもらってまして」と高木。

僕は、うなずいた。彩子が、ウインドサーフィン界でアイドル的な存在だとしても、不思議ではない。

「来月号のグラビアにも出てもらう予定なんですが、たまたま彼女が足首を怪我してる事もあり、彩子ちゃんのプライベートライフという企画にしようと考えてるんです」

「ほう……」

「地元の葉山でくつろいでいる彼女の取材をしたいんです。その中で、おたくの楽器店をのぞいているところを撮影したいと思ってまして」と高木。「彼女は、ウクレレを少し弾けるらしいし」と言った。

「なるほど……」

僕は、思い出していた。彩子が、初めてうちの店に来たとき、ウクレレを眺めていたのを……。

「撮影は、ほんの30分程度ですむんですが」と高木。僕は、問題ないと答えた。さっそく明日、彼らが撮影に来ることになった。

♪


翌日、午後3時過ぎ。

「こんにちは！」と彩子。店に入ってきた。ほかに2人の男性が入ってきた。

その1人が、名刺を出した。〈ウインド・ウエーヴ編集長・高木正雄《まさお》〉となっている。

三十代だろうか。よく陽灼けしている。もう1人は、カメラマンだという。まだ二十代だろう。もう、カメラの用意をはじめている。

「よろしくお願いします。簡単に終わらせますから」と高木。

僕は、うなずいた。どっちみち、店は暇なのだけど……。

高木やカメラマンは、テキパキと動きはじめた。涼夏は、ぽかんとした表情でそれを眺めている。

僕は、彩子と何気なく話しはじめた。昼からの3時間で、彼女が行きつけのレストランやマリンショップで撮影をしてきたという。

「うちの雑誌で、マリンショップとかは当たり前なんだけど、楽器店ってのは新鮮でいいですよ」

と高木。

「じゃ、彩子ちゃん、ウクレレの方に行ってくれる?」と言った。

彩子が、ウクレレが並んでいる壁ぎわに行った。

「ウクレレ、弾くんだ」と僕。彼女は、照れ笑い。

「実は、ウインドサーフィンでマウイ島に行ったとき、ちょっといじっただけ」と言った。そんなやりとりをしている彼女と僕を、もうカメラマンが撮りはじめた。

僕は、壁に掛けてあるウクレレの中から、適当な1台をとる。彼女に渡した。

彩子は、ウクレレを両手で持つ。1弦を、左手の中指で押さえた。その一カ所だけ押さえ、右手の指でポロンと弾いた。

Cのコードだった。

「弾けるのは、これだけよ」と言い、白い歯を見せた。カメラのシャッター音が、立て続けに響いた。


♪

「おれに話?」と訊き返した。高木が、うなずいた。

撮影が順調に終わった後だった。カメラマンは、機材の片付けをはじめている。彩子は店のトイレに行っている。そんな時、高木が僕に声をかけてきた。何か、話があるという。


「その、彩子ちゃんのことで……」

「彼女の？」

「ええ、ちょっと時間をもらえませんか？」

「それはいいけど……」と僕。

「じゃ、明日でも電話をしてから来ます。私の家は逗子なもので」高木は言った。


♪


「なんの用事かなぁ……」と涼夏がつぶやいた。彩子や高木たちが、帰っていったところだった。

「わからない。たいした用じゃないだろう」と僕。涼夏が、彩子の事を気にしている。それは、わかっていた。なので、つとめてさりげなく答えたのだ。

♪

翌日。午後3時半。高木は、海からやってきた。

10　風を見たかい

店に電話がきたのは、３時頃だった。

「あ、高木です。これから行ってもいいですか？」という。僕は、「いいけど」とだけ答えた。そして、30分後。また電話が鳴った。

「高木です。いま前の砂浜にいます」という。砂浜……。

僕は、店を涼夏にまかせる。外に出た。

バス通りを渡る。見下ろす砂浜に、ウインドサーファーがいた。半透明のセイルを倒し、砂浜に立っている。高木だった。こっちに軽く手を振った。僕は、砂浜におりていく。

「海から来るとは、やるなあ……」と言った。逗子から、車で来るものと思っていたのだ。高木は、微笑した。

「今日は道路が混んでるもので……。これで来る方が気持ちいいし」

確かに、3、4メートルほどのウインドにはほどよい風が吹いている。高木は、ウエットスーツ姿。防水仕様の携帯電話を首から下げていた。

「ずっとウインドを?」訊くと、彼はうなずいた。「逗子で生まれ育ったんで、10歳ぐらいから」


♪


「彼女が、ウインドをやめるかもしれない?」

僕は訊き返していた。高木と僕は、砂浜からバス通りに上がる。近くにある自販機で買った缶コーヒーを飲みはじめたところだった。

彼の口から出たのは、意外な話だった。彩子が、ウインドをやめるかもしれない……。今後について悩んでいるという。

「なぜ? 彼女は、ウインドサーファーとしては、アイドル的な存在じゃないのかな」と僕。高木は、うなずいた。

「私がまだ20代だった頃、葉山に住んでる少女がウインドサーファーとしてみんなの注目を浴びはじめたんです」

と高木。その時、彩子は小学校の6年生だったという。

「まだ子供だったけど、ウインドは上手だったし、とにかく可愛かったから、このあたりじゃ、すぐ有名になってね」高木は言った。僕は、うなずいた。

「彼女はそれからずっと？」

「ええ、中学、高校とウインドをやって、いろいろな大会で優勝もしてきました」

と高木。僕は、またうなずいていた。

この前、彩子が見せてくれた写真を思い出していた。伊豆の弓ヶ浜。彼女が父の俊之と並んで写っていた写真……。確か17歳の時だと言った。あの写真でも、彼女はトロフィーを手にしていた。優勝、あるいは入賞……。

♪

「彼女は、確かにウインドサーファーの世界では、アイドル的な人気がある。でも、それは彼女のごく一面で、実はすごく実力のあるウインドの選手なんです」

と高木。

「ウインドサーファーに最も必要なバランス感覚が素晴らしいし、風の読みにも独特の才能がある。彼女には風が見えるのかもしれない」と言った。

僕は、うなずいた。かつて大ヒットした〈雨を見たかい〉という曲を思い出していた。それにたとえれば、〈風を見たかい〉という事になるのか……。

僕は、あの時の事を思い出していた。定置網に突っ込んだ彼女を助けた事を……。風が強くなってきた海。彼女は、その風をセイルに受けて疾走していた。風のとらえ方、バランスのとり方は、確かに絶妙だった。そのシーンを僕は思い出していた。

「私は平凡なウインドサーファーだけど、彼女には特別な才能があると思います」と高木。

「……それなのに、彼女は、やめるかもしれない？」僕は、訊いた。高木は、かすかにうなずいた。

「絶対にやめるとは聞いてないけど、このままウインドを続けるかどうか、かなり迷ってるようなんです」と高木。

「というのも、彼女はいま20歳で短大の2年生です。そんな彼女に、スポーツウェアのメーカーから誘いがかかっているようで……」

「スポーツウェア？」

「ええ、マリンスポーツを中心に展開してるウェアメーカーなんですが、そこに入って商品企画の仕事をしないかという話が来てるようです」

「商品企画か……」

「ええ。大手のメーカーです。短大を卒業したら、そこに入ってマリンウェアの企画をやらないかという話が来てるらしいです。彼女の短大の先輩がそこに入社してて、商品企画部にいるらしいんです」

「なるほど。それで、彼女は迷っている？」

「そうらしいんです。確かに、そのメーカーからの誘いは悪い話ではない。仕事は彼女が好きなマリンウェアの企画で、しかも正社員になるわけだから収入はもちろん安定する……。それはウインドサーフィンの選手では得られないものです」

高木はつぶやいた。缶コーヒーに口をつけた。

「ウインドサーファーでは収入は少ない？」僕は、ズバリと訊いた。

「残念な事に、日本の場合、多くの収入は望めません」と高木。

「それでも……ウインド雑誌の編集者としてだけでなく、昔から彼女を見てきた先輩のような気持ちで思っているんです。彼女には、ウインドサーファーとしての選手生活を続けて欲しいと……。あの才能をさらに開花させて欲しいと……。それが厳しい道だとはわかってるんですが……」


♪


「しかし、その話をなぜおれに？」僕は訊いていた。

「彼女は、どうやら君の事をすごく気にしてるようなんです」

「気にしてる……」

「そう。海の上で助けてもらったのがきっかけだと思うけど、何か君を気にしてるようで……」僕は、無言でいた。高木は、水平線を眺める。

「彼女と話していて、それを感じるんで、こんな事を打ち明けてるわけですが……」

「おれも21歳で、同じ年頃だから話しやすいんじゃないかな？」

「確かに、同じ年頃という事はあるかもしれないけど、それだけとは思えなくて……」

「じゃあ？」と僕。高木は、しばらく無言でいた。やがて、

「君が持ってる存在感みたいなものかな……。ふわふわと毎日を送ってる大学生などにはない存在感……」

「え？　おれは、ただの楽器屋のお兄ちゃんだけど……」

高木は、かすかに苦笑い。

「同時に、腕利きのギタリストでもある」

「なんの事かな？」

「とぼけなくて、いいですよ。湘南は狭いから、噂はすぐに届くんで……」高木が言った。今度は、僕が苦笑した。

「もしそうだとして？」

「まあ、君が持ってるその存在感みたいなものを彼女が気にしてるのは確かだと思うし、そこで、ひとつ頼みがあるんです」

♪

「彼女の気持ちを変えて欲しい？」僕は、思わず訊き返していた。

「ええ、ウインドの選手をやめてしまうかもしれない彼女の気持ちを、なんとか変えて欲しいんです」と高木。

「そりゃ、無理だ。ギターのチューニングなら簡単に変えられるけど、人の気持ちを変えるなんて、とても無理さ」僕は言った。高木は、苦笑。

「まあ、君はクールだし、そういう答えが返ってくるとは思ってました。確かに、気持ちを変えさせるというのは無理があるかもしれない。それなら、彼女の本心を聞いてもらうのは可能でしょうか」

「本心？」

「そう、彼女が自分のこれからについてどう思っているか……です。さらりとでも聞いて欲しいんです」高木は言った。僕は、無言でいた。缶コーヒーに口をつけた。

「彼女の活躍を心のささえにしている人は多いんです」と高木。しばらく黙っていた。

「……いま15歳になる、ウインドサーファーの少女がいます」

「15歳？」

僕は、思わずつぶやいていた。涼夏と同じ年だ……。

「その子は、ウインドのジュニア選手です。将来を期待されている選手だったけれど、フィジーでの大会に遠征したとき、事故に遭ってしまって」

「フィジーで事故……」

「ええ、ほかの選手と激しく衝突して、膝を複雑骨折してしまいました」

と高木。

「いま必死にリハビリをやってるけど、元の状態に戻るかどうか……。そんな彼女も、彩子ちゃんを応援する事を心のささえにして治療に頑張ってます」

静かな声で言った。

「その子だけでなく、彩子ちゃんの活躍で元気をもらってるウインドサーファーは多いでしょう。そういう人たちのためにも、ぜひ彼女には選手として続けて欲しい」

と高木。僕は、目を細め、夕方近い海を見つめていた。軽いため息……。ちくしょう。痛い所を突きやがって……。


♪


「……じゃ、どうやって彼女と話をすれば？」僕は、海を眺めたまま言った。

「それについては、実はいいタイミングで」

「タイミング?」

「ええ。昨日、お店で撮影させてもらったじゃないですか。あのあと、彩子ちゃん、何かを考え込んでいて」

「へえ……どうして」

「ウクレレです」

「ウクレレ?」

「ええ……。彼女、捻挫して、ここしばらくはウインドの練習が出来ないじゃないですか。で、ウクレレを、ちゃんと習おうかなと言ってました」

「ほう……」

「ギターが弾けるなら、ウクレレも弾けますよね」

「まあ……コードぐらいは弾けるけど……」僕は答えた。ギターは弦が6本。ウクレレは、弦が4本。コードの押さえ方は違う。けれど、よほど複雑なコードでなければ弾けない事はない。それを言うと、高木は、

「彼女、あなたに連絡するって言ってました。で、ウクレレの事を頼むつもりらしいです」

僕は、何となくうなずいた。目の前の海を見た。一艘の小型漁船が港に戻って来た。船上には採ってきたワカメを積んでいる。

遅い午後の海面。淡い春の陽射しが反射している。その海面に船が曳《ひ》く細い航跡を、僕は眺めていた。

♪

「おかえりなさい」と涼夏。ＣＤを整理していた手を止めた。僕が店に戻ったところだった。

「で、どんな話だったの？」と彼女。僕は、高木の話をダイジェストして説明しはじめた。５分ほど話した時だった。

「あ……」と涼夏。思わずつぶやいた。「キジたちが来てる」

11　人の心は、マイナー・コード

「キジ……」僕は、つぶやいた。キジは、涼夏が面倒を見ているノラ猫だ。

「キジが来た？」訊くと涼夏はうなずいた。

「鳴き声がした」と涼夏。僕には聞こえなかった。が、超鋭敏な涼夏の耳には、それが届いたのだろう。

彼女は、店の裏口を開ける。すると、路地に猫のキジと仔猫が3匹いた。キジは、涼夏の顔を見ると小さく鳴いた。こういう模様の猫は、よく〈キジネコ〉と言われている。で、涼夏は、そのまま〈キジ〉と呼んでいる。

キジは、4カ月ほど前に3匹の仔猫を産んだのだ。

涼夏は、チラシを地面に置く。その上に缶詰のキャットフードを出した。キジと仔猫たちは、それを食べはじめた。

仔猫の一匹は、どうやら片眼が悪い。白っぽく濁っている。生まれつきの障害らしい。もう片方の眼は見えるらしいが……。

涼夏は、特に眼の悪い仔猫の前に、キャットフードを多く置いて、

「ゆっくり食べるのよ」と言った。しゃがみこんだ彼女の後ろ姿を、僕はじっと見ていた……。


♪


やがて、猫たちはキャットフードを食べ終わる。

その時、僕のスマートフォンに通話の着信。彩子からだった。簡単なやりとりのあと、

「実は、ちょっとお願いがあるんだけど……」と彼女。

「もし出来たらでいいんだけど、ウクレレを少し教えてくれない？」と言った。

「ウクレレか……」僕は、高木から聞いた話は知らない事にする。

「そう。足首の怪我でここしばらくウインドもお休みだし、ウクレレを少しやってみようかなと思って」

「なるほど……。いいんじゃないかな。ウクレレの初歩なら教えられるけど」

僕は言った。またしばらくのやりとり。結局、彼女は明日来る事になった。


♪


「これが、Am」と僕。中指で4弦を押さえて言った。

午後2時過ぎ。彩子にウクレレの初歩を教えはじめたところだった。

まずは、一番簡単なコードから教える。指一本で押さえられるコード。その1つがAmだ。僕は、その押さえ方を彩子に教える。彼女が、ウクレレのフレットを押さえた。が、違うところを押さえている。

「そこじゃなくて……」と僕。正しいポジションを指でさした。

「あ、ここね」と彩子。僕と彼女の体は、当然、近づいている。

店のすみでは、涼夏がCDの整理をしている。そうしながらも、僕と彩子の方を気にしているのがわかる……。

やがて、涼夏は二階に上がった。サッカーボールを持っておりてきた。

「ちょっと砂浜で遊んでくるね」と明るい声で言った。店を出て行く。僕は、その後ろ姿を見ていた。

彩子と僕に気を遣ったのか……。彩子と僕の姿を見ていると心が穏やかでなくなるのか……。もしかしたら、その両方かもしれない。

人の心は、単純ではない……。ギターやウクレレで言えば、単音ではなく和音《コード》。たとえば、いま弾いたAmのように……。


♪


「ところで、親父さん、どうした？」

練習の合間に、僕は彩子に訊いた。

「あの隠れ家の件、お母さんには打ち明けたのか？」彼女は、首を横に振った。少し複雑な表情で、

「まだよ。お父さんに部長の辞令が出るのは6月だから、それまでには打ち明けるつもりだと思う」と言った。僕はうなずいた。また、ウクレレの練習をはじめた。

♪


やがて、簡単なコードを押さえる練習は一段落。

「ねえ、何か弾いてくれない？」と彩子が言った。

「ウクレレで？」訊くと、彼女はうなずいた。

「そうねぇ……」僕はつぶやいた。ウクレレの曲は、あまり得意じゃない。

そばにあるハワイアンのソングブックを僕は広げてみた。ハワイ語で書かれている曲は、発音がわからない。

ソングブックをめくっていると、〈I'll Remember You《アイル・リメンバー・ユー》〉があった。昔からある有名な曲で、これは歌詞が英語。

僕は、コードを弾きはじめた。イントロが終わると、小声で歌詞を口ずさみはじめた……。


♪

「どうした……」僕は、ウクレレを弾く手を止めた。彩子を見た。

彼女の様子が、おかしい。それまでは、明るい表情でウクレレの練習をしていた。その表情が曇っている。青空に突然グレーの雲が広がるように……。やがて、彼女はうつむいた。唇を噛みしめた……。

「もしかして、この曲に、何か思い出が？」

僕は、訊いていた。彼女は、小さくうなずいた。「……ちょっと……」とだけ口にした。10秒ほどして、

「この曲を、ある人が好きだったの」と小声で言った。

「……ある人……」と僕。この時は、当然のように恋人などと想像していた。が、彼女は、

「その人は、女性のウインドサーファーで……」と、つぶやいた。


♪


僕は、店のすみにあるCDプレーヤーをONにした。B《ボズ》・スキャッグスの曲が低く流れはじめた。

「……わたしは、16歳の頃からハワイに行くようになったわ」彼女が口を開いた。

「もちろんウインドサーフィンの遠征で?」訊くと、うなずき、

「マウイ島へ、毎年行くようになったの」と言った。

マウイ島がウインドサーフィンの聖地と呼ばれているのは、聞いた事がある。

「ハワイ遠征の費用を作るためには、日本のボードメーカーからのサポートも少しあったわ。でも、もちろん予算たっぷりではなかった。というより、かなり貧乏な遠征だと言った方がいいわね」

と彼女。

「でも、あるウインドサーファーの女性選手が、ホームステイさせてくれたの。ホオキパ・ビーチにある彼女の家に」

「ホームスティか……」

「ええ、ラニというローカルの人で、わたしより4歳年上だった。ハワイアンと白人のハーフ」

「彼女はプロの選手?」

「ええ、マウイ島の出身で、トップクラスのプロ選手だったわ。十代の頃から大会で優勝し続けて、世界でもベスト3に入ると言われてた。とにかく、アグレッシヴなウイン

ドサーファーで強かったわ……」

と彩子。いろいろと思い出す表情……。

「ラニは、わたしをホームステイさせてくれただけじゃなく、ウインドサーフィンの高度な技術を教えてくれたわ。風のつかまえ方、コースのとり方などに関して……」

と彩子。ふと遠くを見ている……。

「一日のウインドサーフィンを終えると、揺れるヤシの葉を眺めて、いろいろな話をしたわ。主に、彼女の経験談を聞いていたけど……。いま、わたしが選手としてやってられるのは、そのラニのおかげと言ってもいいと思う。……ところが……」彩子は、そこで一度言葉を呑み込んだ。

「何か、あった？」

5秒ほどして、彩子は小さくうなずいた。「……この1年ほど、ラニは大会で勝てなくなって……」と、つぶやいた。


♪

「去年の夏だった。わたしはマウイに行って、大きな大会に出たわ。結果は12位だったけど、ラニは途中棄権してしまったの」

「……何で？」

「その時は、よく分からなかった。でも、彼女の様子がおかしいのは感じたわ。やたら、家でパカロロを吸ってて……」

「マリファナか……」僕は、つぶやいた。彩子は、うなずいた。

「ラニにしては、何かにイライラしてる感じだった。その理由は、はっきりと分からなかったけど……」

と彩子。

「そして、去年の秋だった。マウイ島の遠征からわたしが帰ってきて3カ月がたった時……ラニが死んだっていう知らせが突然きたの」

遠くで、ボズが歌っている……。

12　カエルが潰れたような

時間が止まった。ボズの静かな歌声だけが、低く流れている。

「……死んだ。……なぜ」

と僕。彩子は、両手を握りしめている。

「交通事故……。その知らせを聞いたわたしは、あわててハワイに飛んでお葬式に出た。そして、彼女の親友といえる女性ウインドサーファーに訊いたわ。彼女がどのような事故で死んだのか……」

僕は、無言で聞いていた。

「マウイ島の北にあるルート36で、ラニが運転する車が、対向車線へ飛び出してトラックと正面衝突したというの」

「……」

「そして、彼女の体内からはパカロロの強い反応が出た……」

「マリファナ……。彼女はなぜ？」

「親友の彼女が言うには、プレッシャーだと」

「プレッシャー……」

「そう。ウインドサーフィンの選手としてのプレッシャー」

「勝たなければ、という重圧かな？」訊くと、うなずいた。「そうなんだと思うわ。わたしも、ちょっとそんな雰囲気は感じてたんだけど……。そこまで追い込まれてたとは……」

「そのプレッシャーから逃げるためにマリファナを？」

「たぶん……」視線を伏せて彼女は言った。

♪

CDプレーヤーから、〈Harbor Lights《ハーバー・ライツ》〉が低く流れはじめた。

「プロの選手としてやっていくのは、言うまでもなく大変なことよ……。大会に勝って賞金を獲得し、スポンサーに認められて、プロ契約を続けてもらう……。わたしは、あらためてその大変さを突きつけられたわ……」

彩子は、視線を落としたまま言った。

「ウインドサーフィンの選手などというと、一見かっこいいけど、その実は……」

「ひどく厳しい？」と僕。彼女は、うなずいた。

「楽しみでやるなら、もちろんウインドサーフィンはいいスポーツよ。でも、プロの選手としてやっていくというのは、まるで別物」

と彼女。「あなたのギターも、それに似ていない？」と言った。

僕はしばらく考える。

「確かに……。楽しみでギターを弾くのとプロでやっていくのには、でかい差がある」

僕は言った。彼女を見る。

「マウイ島の彼女の事が頭から離れなくて、自分自身もプロの選手としてやっていくのに不安を感じたとか？」と訊いた。彩子は、5、6秒して小さくうなずいた。

「正直言って、それはあるわ」と彩子。

「大会で戦い続ける事、コンスタントにいい成績を残す事……それにプレッシャーを感じるようになった……」と言った。

♪


「わたし、来年、短大を卒業するの」彩子が口を開いた。

「……卒業してからは？」

「それが……」と彼女は言葉を呑み込んだ。やがて顔を上げた。

「実は、ある会社から誘われてて……。卒業後、そこでマリンウェアの商品企画をやらないかと」僕は、彼女の横顔を見た。あの高木の話は聞いていないふり。

「……それで？」と訊いた。

「わたし、正直言って迷ってるの。厳しく不安定なウインドの選手生活を続けるか、誘われてる会社に入って仕事をするか……」

彼女は、また視線を伏せてつぶやいた。

「自分の中で、二つの声が聞こえてるわ。ウインドの選手として、とことん頑張れっていう声。ウインドは趣味にしておいて、会社に勤めた方がいいよっていう声……」

「どっちの声が、君には魅力的？」訊くと、彼女はしばらく無言。

「わからない……」ぽつりと、つぶやいた。

♪


「父の隠れ家に行ったときの事、覚えてるわよね」と彩子。僕は、うなずいた。

「あの時、父が告白したでしょう。大学を卒業するときに、迷った話」

「ああ。小さなギター・メーカーに入るか、大手の家電メーカーに予定通り入社するか？」

「そう……。いまのわたしは、あのときの父と似たような状況なんだと思う」

「手ごたえはあるかもしれないが、厳しく不安定な道……。反対に、平穏で安定した道。そのどちらを選ぶか？」と僕。彼女は、うなずいた。

「そのときの父の気持ちが、ひりひりと痛いほどわかるわ……」

「で、お父さんは、結局、安全な道を選んだ。で……君は？」

「それは……正直言って、まだわからない。迷ってるわ」と彼女。かすかに首を横に振った。僕を見た。

「……こんなことを誰かに話したのは初めてよ」

そして、

「不思議ね。あなたにだと、なんでも話せる気がするわ」と言った。その、憂いを感じさせる瞳が、じっと僕を見た。陽灼けした顔の中、瞳が濡れているようで……微妙な空気感……。やがて僕は、

「まあ、誰にでも迷いや悩みはあるわけで……」さらりと言った。立ち上がる。持っていたウクレレを壁にかけた。

また明後日、ウクレレの練習に来ると言い、彩子は帰っていった。

落ち込んだ様子ではない。迷いながらも、自分が直面している問題に、きちんと向かい合っている。その事が感じられた。

♪

彩子が帰っていった5分後。僕は店を出た。

サッカーボールを持って出ていった涼夏の事が、気になっていた。

バス通りを渡る。砂浜を見下ろした。涼夏はいた。砂浜で、サッカーボールをリフティングしていた。

トレーナーに膝丈のジーンズ。足の甲で、ボールをポン、ポンとリフティングしている。

午後3時半。明るい陽射しが斜めにさしている。涼夏の影が砂浜に長い。

彼女は、足の甲と膝で、ボールをリフティングしている。ボールが宙に浮く……。

熱心なサッカー少女だった13歳の頃なら、何十回でもボールを落とさずリフティングできただろう。が、いまは4、5回でボールを砂浜に落としてしまう。やはり、視力の問題だろうか……。

涼夏は、砂浜に落ちたボールを、見つめている。しょんぼりとした横顔……。


♪


僕は、石段をおりていく。

砂浜におりると、港を渡る風がシャツを揺らした。その風のなかに、海藻の匂いが感じられ、僕は振り向いた。

港の片隅に、ワカメが干してある。ロープが張られて、採れたばかりの春ワカメがぶら下がっている。黒いリボンのような乾きかけたワカメは、海からの微風に揺れている。

そのワカメの香る風が、砂浜を渡っていく……。

「あ、哲っちゃん」

涼夏が、近づいていく僕に気づいた。うつむいていた悲しそうな表情が、笑顔になった。それは、少し無理して作った笑顔にも見えたけれど……。


♪


ポーン。

サッカーボールが宙に舞う。僕の足元に飛んできた。

遅い午後の砂浜。涼夏と僕は、7、8メートル離れてパスのやり取りをしていた。

ポーン。僕が軽く蹴ったボールが、飛んでいき、涼夏の足元におさまった。

「ウクレレのレッスン、どうだった？」と言うと、涼夏がポーンとボールをキック。

「まあまあ」と僕。ボールをキック。

「彩子さん、上手くなりそう？」

涼夏がポーンとキック。

「どうかな」僕がキック。

4月にしては、陽射しが強い。僕らは軽く汗ばみはじめた。

その時、僕がキックしたボールが、かなり左にそれた。涼夏は、2、3メートル小走り。そのとたん、

「あっ」という声。

彼女はつまずいた。砂浜にあった少し大きめの石につまずいて、思い切り前のめりに転んだ。

その石が見えなかったんだろう。〈カエルが潰れたような〉という古い表現があるが、まさにそんな感じで、涼夏は砂浜にはいつくばっている。

「大丈夫か⁈」と僕。涼夏は、やっと顔を上げた。その汗ばんだ顔は一面砂だらけだ。

♪

水滴が、夕方の陽射しに光った。

店の脇に、小さな洗面台がある。使った釣り道具などを洗うために、僕の父が作ったものだ。

そこで、涼夏は顔を洗っていた。上半身をかがめ、顔一面の砂を落としている。

やがて、砂は落ちたようだ。僕は、「はい」と言いタオルを差し出そうとした。けど、彼女は顔を上げない。洗面台のふちに両手をつき、うつむいている。その肩が、小刻みに震えているのに、僕は気づいた。

どうやら、泣いている……。顔を洗った水と涙が一緒になり、洗面台にぽたりぽたりと落ちている。

砂浜の石が見えなくて、思い切り転んでしまった。その事が、あらためて悲しかったのだろうか……。

僕には、かける言葉がない。うつむき、小刻みに震えている彼女の細い肩に、そっと手を置いた。あどけなさの残る涼夏の横顔が、夕陽の色に染まっている。静かな波音が聞こえていた……。


♪


「あれ、涼夏ちゃんは？」

と彩子が訊いた。2日後。昼過ぎ。ウクレレの練習に彼女が来たところだった。

「あいつは、ちょっと病院」

「病院……何かあったの？」

「いや、定期検診で」僕はさりげなく言った。涼夏は横浜の総合病院まで検診に行っている。いつもは、僕が一緒についていく。が、今日の11時過ぎに、ギター修理のお客が来る事になっていた。そこで、タマちゃんという涼夏と仲のいい女の子に、付き添いをまかせたのだ。

彩子は、しばらく無言でいた。そして、

「涼夏ちゃんの事で、ちょっと訊いていい？」

13　黒いカモメ

「あいつの事？」

僕は、ウクレレを手にして訊き返した。彩子は、うなずく。

「そう、涼夏ちゃんの眼の事」

「あいつの眼？　ど近眼って事かな？」と僕。彩子は、しばらく無言でいた。

「近眼っていうレベルじゃないって感じるんだけど。彼女、CDジャケットの文字を見るのに鼻がつくぐらい近づけてた……」

と彩子。僕は、軽くため息……。彼女は、涼夏の視力について確実に気づいている……。仕方ない。

「……ああ……。視力は、0・1にも遥かにおよばないよ。強度の弱視」と僕は言った。

「眼鏡やコンタクトは？」彩子が訊いた。僕は、またしばらく無言でいた……。やがて、

「少し外を歩こうか」と言った。


♪


海風……僕らの髪を揺らした。僕と彩子は、店の前の砂浜をゆっくりと歩いていた。

僕は、何となくウクレレを手にしていた。小さな波が静かに砂浜を洗っている。

「涼夏とは、本当に兄妹みたいに育ったな……」僕は、ぽつりと口を開いた。


♪


僕の親父には、弟が一人いた。孝次《こうじ》おじさん。それが、涼夏のお父さんだ。

僕の親父と、弟の孝次おじさんは、子供の頃から対照的だったという。

親父は、子供の頃からギター少年。中学生の頃にはバンドを組み、あちこちで演奏していた。それに対して弟の孝次おじさんは秀才。神奈川県でも有数の進学校に進んだ。

そして、慶応大学の経済学部を卒業。

「その人が、涼夏ちゃんのお父さん？」と彩子。

「ああ……」

「涼夏ちゃんに兄弟は？」

「1歳違いの弟がいるよ。名前は真一《しんいち》」

「どんな子？」

「親父さんに似て、小さな頃から勉強のできる子で、優等生だった。でも……」

「でも？」

「……涼夏は、まるで違ってた。勉強より、外で駆け回るのが好きな子だった」

僕は言った。ふと、あの頃を思い出していた。


♪


僕が、物心ついた頃……涼夏の家族は、横浜市中区に住んでいた。

孝次おじさんは、東京に本社がある大手の商社に勤めていた。

僕の家は、ここ葉山。親父は楽器店を経営しながら、ギタリストとしての仕事もしていた。

「涼夏は、休みになると葉山に来てた」僕は、つぶやいた。涼夏は、6、7歳になると、一人で電車とバスを乗り継いで葉山のうちにきたものだった。

「海が好きだったの？」と彩子。

「ああ」夏休みは、もちろんずっとうちにいた。夏休み以外、土日だけでも、うちに泊まりに来る事は多かった。

「海が好きだったし、あと、あの家族の中で少し浮いてたみたいだ」

「浮いてた？」

「まあ、エリートの家庭だったから……」孝次おじさんは、一流の商社マン。お母さんは、聖心女子大を出ている。そして、弟は秀才……。

「あれは、涼夏が4歳頃だったかな。お母さんが、涼夏をバイオリン教室に通わせはじめたんだ」

「へえ……」

「あいつがお転婆だったんで、なんとかしようと思ったらしい。それに、涼夏のお母さんは、アマチュアのバイオリニストだったから」

「……それで？」

「ところが、あいつ、練習の合間にバイオリンの弓でチャンバラをやって、その教室を追い出された」苦笑しながら、僕は言った。頭上を、5、6羽のカモメが飛んでいく。

「涼夏ちゃん、家族から疎外されてたの？」

「疎外という程じゃないかもしれないけど……」と僕。頭上を見上げ、「白いカモメの群れの中に、1羽だけ黒いカモメがいたような感じかな」とつぶやいた。目を細め、飛んでいくカモメの群れを眺めていた。


♪


小学生ぐらいの女の子が2人、砂浜で遊んでいる。学校帰りらしい。ランドセルを放り出して、波打ちぎわを走り回っている。僕は、ふとその姿を見ていた……。

「バイオリン教室を追い出されて親にあきれられても、葉山に来てる時の涼夏は、楽しそうだった」

小学生の涼夏と僕は、夏の間、ずっと一緒だった。泳ぐ、潜って魚を突く、釣りをする……。太陽は、いつも僕らの真上にあった。夏休みが終わる頃には、涼夏はひどく濃い褐色に灼けていた。

「まだ子供で顔が丸かったから、〈お前の顔、旭屋のコロッケみたいだな〉とからかったもんだよ」僕が言うと、彩子が吹き出した。

「そんな夏休みが終わって、葉山から帰るとき、あいつ必ずメソメソするんだ」

「へえ……泣き虫？」と彩子。僕は、うなずいた。

「活発だったけど、涙もろい子だったなぁ」

「気持ちが優しいのね。何となく、わかるわ……」

「優しいのは確かだけど、まあ、泣き虫だよ……」

僕は、また苦笑した。


♪


僕と彩子は、砂浜に上げてある古ぼけた伝馬船に腰かけた。

「涼夏ちゃん、この前、サッカーボール持って出ていったわね……」

「ああ、あいつ、中学でサッカー部に入ったんだ」

涼夏は、横浜の中学に進むと女子サッカー部に入った。それからは、葉山に来る時もサッカーボールを持ってきたものだった。泳いだり釣りをしたりの合間に、よくボールを蹴っていた。

「しょっちゅう、サッカーに付き合わされたな」

僕は言った。手にしているウクレレを軽く弾いた。G_7が、小さく響いた。

「彼女は、そのまま高校でもサッカーをやりたかった？」

「まあ……あんな事にならなければ……」僕は、つい口に出してしまった。

「あんな事？」

ワカメの香りがする風が、砂浜を渡っていく。

話そうかどうか、僕は迷っていた。が、彩子がじっと僕の横顔を見ている……。

「誰にもしゃべらないから、話してくれない？」と言った。


♪

僕は、深呼吸……。海面を見つめ、

「……あれは、涼夏が中学2年の夏休みだった」

と話しはじめた。

「夏休みが終われば、涼夏は家族でニューヨークに引っ越す事になっていた」

「ニューヨーク？」

「ああ……」

商社に勤めている涼夏の親父さんが、ニューヨーク支店の支店長になった。

彼は、7月には単身でニューヨークに行っていた。そして、家族も9月には引っ越す事になっていた。

「商社勤めなので、これまでも半年とか1年とか短い海外駐在はあった。でも、今回は長くなりそうなんで、家族ごと引っ越す事になったんだ」

僕は言った。アメリカの学校は、9月が新学期。なので、涼夏も弟の真一も、9月中旬にはニューヨークの学校に編入する事になっていた。

「涼夏ちゃんは、その事をどう受け止めてたの？」

「……少し複雑だったかな」

「ニューヨークに引っ越すと、あなたと別々になる……。それが淋しい？」

と彩子。僕は、少し無言でいた。「それは、確かにあったと思う……」と、つぶやいた。その夏休み。涼夏の表情は、いまいち明るくなかった。

〈ニューヨークに引っ越しても、お正月や夏休みは絶対に帰ってくる〉とは言っていた。

が、今までのように、しょっちゅう顔を合わせる事は出来ない。

「彼女にとっては、それが悲しかった？」と彩子。

「たぶん……」僕は、またうなずいた。


♪


過ぎていく夏の一分一秒を惜しむように、僕らは毎日一緒にいた。

泳ぐ。スイカを食べる。防波堤に寝転がって、青空にわきあがる真っ白い夏雲を見上げる……。

「そんな夏も、終わろうとしていたよ」やがて9月に入った。9月5日になれば、涼夏はまず横浜の家に帰る。その2日後には、ニューヨークに発つ予定になっていた。

「あれは、9月の2日だった」

僕は、くっきりと、あの日の事を思い出していた。


♪


その日、午後から一色《いっしき》海岸でサッカーゲームをする事になっていた。

涼夏は、先に、サッカーボールを持って出ていった。用事で外出している親父の代わりに、僕が楽器屋の店番をしていた。

午後1時過ぎ。親父が戻ってきた。

すぐに店を出る事はできたが、たまたま、女友達が店に来ていた。高校で同級生だった娘だった。僕は、しばらくその娘としゃべっていた。

「そのせいで、店を出るのが20分ぐらい遅れた」

一色海岸までは、少し距離がある。僕は、自転車で走り出した。

すぐに、空模様がおかしくなったのに気づいた。

「さっきまで晴れていたのに、西の方から灰色の雲が広がってきていた」

僕は、自転車のスピードを上げた。

「やっと一色海岸に着いた時は、空が濃いグレーの雲に覆われていた」

9月に入っていたので、もう海の家はなく、海水浴客の姿もない。ひと気のない砂浜は、がらんとしていた。砂浜の端に、上げられたディンギー、つまり小型のヨットが並んでいた。

「自転車をおりると、やけにひんやりした風を感じた」

それは、前線が急激に接近している事を意味する。

砂浜の端に並んでいるディンギー。台車に載った4、5艇のヨットのそばに、涼夏がいた。Tシャツ。ショートパンツ。ひとり、サッカーボールをリフティングしていた。

「小走りでそっちに向かうと、頭上で雷鳴が聞こえた」

僕は、まずいと思った。涼夏が、マストを立てているヨットの近くにいたからだ。僕は、走りはじめた。

また、腹に響くような低い雷鳴が聞こえた。僕は、全力疾走！

そのあとは、スローモーションのようだった。

涼夏まで50メートルに近づいたその瞬間だった。

ものすごい音！　風圧！　巨大なストロボのような閃光！

14　指の間から砂がこぼれる……

「……落雷……」

と彩子。僕は、うなずいた。

「涼夏から6、7メートル離れたところにあるヨットのマストに落雷した」

その瞬間、僕の視界も真っ白になり、しばらく何も見えなかった。僕は、両腕で顔をおおっていた。

「あたりを見回す事が出来たのは10秒以上たってからだった」

まず目に入ったのは、砂浜に倒れている涼夏だった。

そしてヨット……。マストは2つに折れ、艇体からはブスブスと白い煙が立ちのぼっていた。

僕は、涼夏に駆け寄った。涼夏は、気を失っているようだった。呼吸はしていたが……。

すぐそばの葉山御用邸にある警護所から、警察官が走ってくる。片手に持った無線機で救急車を呼んでいる。

♪

「そのまま病院に？」と彩子。僕は、無言でうなずいた。涼夏は、横須賀の救急病院に搬送された。

「1時間ぐらいで意識は戻った。なんとか口もきけるようになった。けど……」

「けど？」

「何も見えないようだった」

「見えない……」

「ああ……。マストに落雷した時、閃光がまともに眼に入ってしまったらしい」

「……そうか……」

「赤ん坊が、カメラのストロボで視力に影響を受けたりするだろう？　あれと同じ、いやその数十倍の閃光が眼に入ってしまった事で、視神経が強烈なダメージを受けたらしいんだ」僕は言った。

専門医が涼夏を診てくれた。が、何とも言えない状況らしかった。

涼夏が病院に搬送された2時間後には、お母さんも横浜から駆けつけた。

「専門医が言うには、最悪、このまま失明する可能性もあるし、視力が戻る可能性もあるという事だった」

♪

その3日後。涼夏の視力は、次第に戻りはじめた。ぼんやりとだが、見えるようになった。

「4日目の午後だったよ。おれが顔を近づけると、こっちを見て、小さな声で〈哲っちゃん……〉と言った」

「……嬉しかった？」

僕は、うなずいた。涙がにじみ、涼夏の顔がぼやけたのを覚えている。

専門医の診断だと、視力は次第に戻る可能性もあるという。それ以外、涼夏の体にダメージは残っていない。なので、お母さんと弟は、1週間遅れで、ニューヨークに発った。涼夏の事は、僕と親父に任せて。

「それって、冷たくない？」と彩子。

「確かに、そうも思った……。つまり、お母さんにとっては、まず息子の真一の事が一番大切だったのかもしれない。ニューヨークの名門校に編入する予定が決まってたわけだから」

「それでも……」と彩子。納得できない様子だ。


♪


海面に、スタンダップ・パドルを漕いでる若い男。初心者らしく、へっぴり腰。バランスを取るのに苦労している。

「で、その後、涼夏ちゃんの具合は？」彩子が訊いた。

「視力は、次第に戻っていった。ある程度まで……」

「ある程度？」

僕は、うなずいた。

「1カ月ぐらいで、視力はかなり戻った。ただ、0・1に遥かにおよばない強度の弱視。それ以上には回復していない」

「眼鏡やコンタクトは？」

「視神経そのものに障害があるんで、それは意味がないんだ」

と僕。彩子は、無言……。

「やがて、涼夏は、退院して葉山に戻ってきた」

それは、もう10月初め。海岸を渡る風が涼しくなった頃だった。

「その後の彼女は？」と彩子。僕は、しばらく海を見ていた。

「……視力は、それ以上は回復していない」ぽつりと言った。そして、

「日常生活に大きな支障はないけど、本はほとんど読めない。もちろん、CDジャケットの細かい文字なんて、すぐ近くまで顔を近づけないと判読できない。君が気づいてるように……」


♪

「それじゃ、学校は？」と彩子。

「平塚《ひらつか》に、視覚障害のある子供のための学校があって、そこに通いはじめたよ」僕は言った。そこは神奈川県がやっている歴史のある学校だ。

「学校へは一人で？」

「いや、車で送り迎えしてた」

「あなたが？」と彩子。僕は、うなずいた。

「毎日？」

「ああ……」と僕。その頃、僕はすでに19歳。店の車を運転して、涼夏の送り迎えをしていた。

「それって、大変……」

僕は、しばらく無言でいた。

「……まあ、涼夏がこうなった責任の半分は、おれにあるから……」と言った。あの日、僕があと10分、いや5分早く一色海岸に行っていれば、こんな事にはならなかった。

「店で女友達なんかと喋ってないで、すぐに海岸に行けば……こんな事には……」

そこまでつぶやいて、さすがに言葉尻がぼやけた。自分らしくない台詞だった。本心であっても……。

僕は、ウクレレで、B♭を弾こうとした。が、4弦を押さえそこなった。ミスタッチ。不協和音が、響いた。彩子が、僕の横顔をじっと見て、

「照れ隠し……」と、つぶやいた。僕はただ苦笑い……。


♪


「でも、涼夏ちゃん、毎日家にいるみたいだけど……」

「……ああ、その学校にはもう通ってないよ」僕は言った。

あれは、落雷から半年が過ぎた春だった。

「今からちょうど1年前だった」海岸に春ワカメを干す匂いが漂っている頃だった。僕と涼夏は、砂浜を歩いていた。その時、涼夏がぽつりと漏らした。

「学校行くの、やだなぁ……」と、つぶやいた。僕は、さりげなくその理由を訊いた。

あの学校では、涼夏より視覚障害の重い子が殆どだという。そんな子達を見ていると、辛くなるという。涼夏が、気持ちの優しい子だけに……それはわかる。僕は、しばらく考え、うなずいた。

「その後、学校と話し合いをして、自宅学習に切り替えたよ」

「自宅で？」

「ああ、最近はそういう子が増えているらしくて……」登校拒否、引きこもりなどで学校に行けなくなった子に対する通信教育が、充実しはじめているようだ。

「じゃ、今は、自宅で通信教育を？」と彩子。僕は、うなずいた。

「でも、あの視力で大丈夫なの？」

「そこは、おれが手伝ってるよ。とにかく、何年かかっても、義務教育の課程を終えるまでは……と思ってる」

「彼女のご両親は、それに対して何も？」

彩子が訊いた。僕は、軽くため息……。

「親父さんは、毎月、アメリカから金を送ってくるよ。涼夏の生活費という事だろうけど……」

「お金を送ってくるだけ？」と彩子。僕は、小さくうなずいた。

「ただ、親父さんが涼夏に冷たいという訳ではないと思う。普通の親子だったと感じてた。でも、アメリカでの仕事が忙し過ぎるんだろう」

そう、大人は忙し過ぎるのだ。そして、大切な事を忘れてしまう。指の間から砂がこぼれ落ちるように……。

♪


「それに、ニューヨークには日本人で視覚障害のある子供の面倒を見る学校などはないらしいし……。結局、涼夏は葉山で暮らした方がいいと考えても無理はないかも」

僕は言った。

落雷事故のあと、孝次おじさんと僕は何回かメールのやり取りをしている。涼夏の様子を伝えるメールのやり取り。その最後には必ず、〈くれぐれも涼夏をよろしく〉という一文がある。

「それは、お父さんの心からの言葉？」と彩子。

僕は、しばらく無言でいた。即座に〈そうだ〉と言えない自分に気づいていた。

「今まで、親父さんとちゃんと話した事がないから、正直言って、そこのところは良くわからない」とだけ言った。

「ただ、心がこもっているとは思いたいな。そうでなきゃ、涼夏が可哀想だ」

静かな声で言った。彩子が小さくうなずいた。

♪


「涼夏ちゃんの家族がニューヨークに行ってから、もう1年半ぐらい？」と彩子。

「そんなものだな」

「その間、家族は一度も帰国しなかったの？」

僕は、うなずいた。

「ただ……」

「ただ？」

あれは、涼夏の家族がニューヨークへ行った3カ月後のクリスマスだった。涼夏に、ニューヨークから航空便が届いた。「入ってたのは、ラルフ・ローレンのセーターだった。それとありきたりのクリスマスカード」と僕。

その夜の事は覚えている。涼夏の部屋の前を通ると、ドアが開いていた。彼女は、カーペットを敷いた床に座っていた。両膝をかかえて……。

「そばには、ニューヨークから送られてきたセーターがあった」

それを眺めている涼夏。その後ろ姿が、ちょっと寂しそうだった。

「あの子が欲しかったのは、ラルフ・ローレンじゃなかったんじゃないかな……」と僕。彩子がうなずいた。涼夏が本当に欲しかったのは、R・ローレンのセーターではなかったと思う。では、何なのか……。たぶん、簡単な言葉では言い表せない何か……。

僕と彩子の前を、1羽のカモメがよぎっていった。

♪

「お、ウクレレの若大将か」と陽一郎。岸壁に舫った船の上で言った。彩子と別れた僕が、ウクレレを手に港に来たところだった。

「ギャグが古いぜ」僕は思わず苦笑い。

「じゃ、映画〈ブルー・ハワイ〉のエルヴィスか？」

「若大将よりはましだな」と僕。コードを弾き、〈ブルー・ハワイ〉をワンフレーズ口ずさんだ。陽一郎が、仕事の手を止めた。

「お前がそうしておどける時は、少し落ち込んでる」と言った。

15　ニューヨークは遥か遠く

「嫌なやつだな」と僕は苦笑い。

「図星だろう」陽一郎は、にやりとした。そして、

「どうした、彩子に振られたか？」

「彩子？」

「ああ、あそこの砂浜で口説いていただろう」と陽一郎。砂浜を目でさした。この岸壁から砂浜までは300メートル以上ある。が、漁師は目がいいのだ。

「口説いてたわけじゃないけど……」

「いいさ。彼女は美人だ。口説きたくなるのは当然だからな」と陽一郎。真アジを氷の入ったバケツに放り込んでいる。定置網で獲ったアジだろう。

「お前が彩子に振られたって事は、おれにもチャンスがあるな」と陽一郎。

「勝手にしろ」僕はまた苦笑。陽一郎がこっちを見た。

「ほう……余裕だな。彩子の事じゃないなら、なんで落ち込んでる」僕は、しばらく無言。

「ちょっと、涼夏の事で……」

「涼ちゃんがどうした。今日は病院だろ？」

「ああ」とだけ僕は答えた。船の上を見た。「良さそうなアジだな。少し分けろ」と言った。

「少しと言わず、そこそこ持ってけ。いまアジの浜値が安くて仕方ない」と陽一郎。アジを7、8匹、ビニール袋に入れた。


♪


5分後。僕は、店に向かいゆっくりと歩いていた。まだ4月なのに初夏を感じる陽射し。地面に、自分の影が濃い。

自分の影を眺めながら歩く。僕の胸に、ふと数カ月前の光景が蘇っていた。

♪


それは、去年の10月だった。

涼夏が退院し葉山に戻ってきてから約1年が過ぎていた。すでに視覚障害者の学校には通っていない。通信教育で勉強していた。

そんな夕方、僕は何気なく彼女の部屋の前を通った。

ドアが開いていた。彼女は、勉強机に向かっていた。何かの本を広げてじっと見ていた。ページに鼻がつくぐらい近づけてじっと見ていた。僕の胸に疑問符が消え残った。

何だろう……。通信教育のテキストか……。

その1時間後。

涼夏は、風呂に入っていた。晩飯を終え自分の部屋に戻ろうとした僕は、また涼夏の部屋の前を通った。相変わらずドアが開いている。

机の上に、さっきの本が広げたままになっていた。どうやら、彼女がじっと見ていたものだ。僕は、部屋に入り、机に近づいていった。

広げてあるのは、世界地図帳だった。その、北米のページが開かれていた。アメリカ合衆国北東部。ニューヨークを中心にしたページだった。

涼夏の家族が住んでいるニューヨーク……。そのページを見つめて、僕は息が苦しくなるのを感じた。

眼の悪い彼女が、ページに顔がつくぐらいにして見ていたのは、家族が住んでいるニューヨーク……。たまたま見てしまったその光景が、胸をしめつけていた。

僕は、地図帳を眺めて、その場に立ちつくしていた。

彼女がここ葉山を好きなのは、わかっている。僕と一緒にいるのが好きな事も……。

それでもなお、両親と弟が暮らしているニューヨークを地図で見つめている……。

〈眼を悪くしたために、家族に置き去りにされた〉

そんな思いが、彼女の心の片隅にあるのだろうか……。もしそうだとしても、いま僕がしてやれる事はあまりない。僕は、机の地図帳はそのままにして、そっと彼女の部屋を出た。

それ以来、涼夏に対しては、さらに優しくなった自分に気づいていた。もちろん、目撃したあの事は自分だけの胸にしまって……。

♪


そこまで思い出したとき、店が近づいてきた。ドアを開け、店に入る。

涼夏は、まだ病院から帰っていないようだ。僕は、アジの入ったビニール袋を二階の冷蔵庫に入れた。

そのとき、スマートフォンに通話の着信。かけてきたのは、ギタリストの刈谷守だった。

「あと2日でコンサート・ツアーが終わるよ。4日後には横須賀に帰る。で、例のフェンダー・ストラトだけど」と刈谷。

「大丈夫」と僕。

「で、いくら用意すればいいかな?」刈谷が訊いた。ギターの値段は売り手に訊いてみると僕は答えた。

「よろしく」と刈谷。

♪


「哲っちゃん、ごめんね」と涼夏がつぶやいた。

5時半。僕は、陽一郎がくれたアジを刺身にしていた。三枚におろしたアジ。その小骨を抜いていた。

小骨を抜くのは、特に涼夏のためだ。視力が弱い彼女のために、小骨を一本一本抜いていたのだ。そこで彼女が、〈ごめんね〉と言った。

もともと、涼夏は魚をおろすのが上手だった。それは、葉山に来ているうちに覚えたものだ。それだけに、小骨を抜くのが面倒だと知っている。「気にするな」僕は、つとめてさりげなく言った。


♪


「美味しい……」

と涼夏。しみじみとつぶやいた。生姜醤油をつけたアジを、ご飯にのせて食べはじめたところだった。

僕は、スマートフォンを手にした。木村俊之にかけた。午後6時半。そろそろ仕事も終わった頃だろう。俊之は、すぐ電話に出た。

僕は、用件を話す。彼のフェンダー・ストラトキャスターが、いよいよ売れる。4日後に引き渡し。その事を話した。

「……そうか……」と彼。僕は、値段を決めなければと説明した。彼は、しばらく無言……。

「値段は、哲也君が決めてくれないか。私は、その値段でいいよ」と言った。

今度は、僕がしばらく無言。やがて、「了解」と答えた。

♪

「哲っちゃん、何か、考えごと?」

と涼夏。箸を動かす手を止めた。僕は、うなずいた。やがて、アジの刺身を口に放り込む。ぐいとビールを飲む。

「明日、東京に行こう」

♪


「久しぶり……哲っちゃんと東京行くなんて」

と涼夏。横須賀線のシートで嬉しそうに言った。昼過ぎの横須賀線は、すいていた。

涼夏を連れて東京に行くのには、理由があった。２日ほど前、警察の常盤から連絡があったのだ。

「盗品のマーチンをお前の店に持ち込んだ増田ってやつ、いただろう」と常盤。

「ああ、運悪く鼻血を出してずらかっていったやつだな」

「そうだ。昨日、藤沢のコンビニが強盗の被害にあって、人相からしてあの増田らしい。いま指名手配中だ」

「藤沢か……近いな」

藤沢から葉山までは、車だと30分もかからない。

「ああ、そうなんだ。増田がこの湘南のどこかに潜伏してる可能性もある。やつは、お前の店に恨みを持ってる事も考えられる。充分に用心しろ。涼ちゃん一人で店番させない方がいい」

「わかった」

そんなやりとりが、あった。涼夏には隠しているけれど……。


♪


「上手いねぇ、さすが」と楽器屋の店員。ギターを試し弾きしている客に言った。

御茶ノ水。午後3時。明大通りにずらりと並んでいる楽器屋の一つだ。

客は、若い男だった。ギブソンのレス・ポールを弾いている。ジミー・ペイジのフレーズを弾いている。たいした腕ではない。が、店員はやたら褒めまくる。僕と涼夏は、店の片隅でそれを眺めていた。

結局、客は20万円以上するレス・ポールを買っていった。


♪


「ちょっと会わないうちに、口が上手くなったな」と僕。店員の武史《たけし》に言った。

「口が上手くなったんじゃなく、営業力が上がったと言ってくれ」

と武史。にっと白い歯を見せた。そして、「やあ、涼ちゃんも一緒か」と言った。涼夏に笑顔を見せた。

「しかし、さっきの客、レス・ポールを弾きこなせる腕じゃないが……」と僕。

「いいのさ。馬子にも衣装」武史は、片目をつぶって言った。


♪


「ところで、やたら腕のいいベース弾きが、このあたりにいるって噂なんだが」と僕。

「ほう……」と武史。「どのぐらい腕がいいのかな？」と訊いた。

「あのネイザン・イーストと同じレベルらしい」

「失礼だな。おれは、ネイザンなんかより上だ」と武史。親指で自分をさして笑った。

16　ラスト・セッション

「で、そんな話をしに来たって事は、おれにベースを弾けという事か？」

「まあ、そんなところだ」僕は言った。武史とは、15歳の頃から一緒にバンドをやっている。

「哲也《てつ》、やっとまたCDを作る気になったか」と武史。

「今日の件は、ちょっと違うんだが」僕は、やつに用件を話しはじめた。


♪


「なるほど……」

と武史。僕が、用件を話したところだった。話を聞いた武史は、ふと視線を涼夏に向けた。

涼夏は、店の片隅をじっと眺めていた。

そこには、女子高生が3人いた。学校帰りらしく、ブレザーにチェックのスカートという制服姿だ。彼女たちの1人は、ギグバッグに入れたギターを持っている。その彼女が、仲間にギターを選んでいるらしい。

アコースティック・ギターが並んでいるコーナー。にぎやかな話し声が響いている。アコギで弾き語りをする女性シンガーの曲がヒットしている。その影響だろう。ギターを弾きはじめる若い女の子は、確実に増えている。

いま店にいる女子高生たちのように……。

楽しそうにギター選びをしている女子高生たちを、涼夏は見ている。何気なく眺めているというのではなく、その光景をじっと見つめている……。

どうしたんだろう。僕の胸の中のスクリーンに、そんな涼夏の姿が消え残った。


♪

「何考えてるの？」涼夏が、ふと訊いた。

「ちょっとね」と僕。夜の港を眺めてつぶやいた。

横浜港。夜の8時過ぎ。僕と涼夏は、横浜で横須賀線を途中下車。中華街に行った。小籠包や麺を食べ、ぶらぶらと港まで歩いてきたところだった。港には、海外から来たらしい大型客船が停泊していた。港の水面に映る客船の明かりを、僕らは眺めていた。

「さっきだけど」僕は、口を開いた。

「ん？」と涼夏。僕の左腕に両腕でつかまっている。

「武史が働いてる楽器屋で、女子高生たちを見てただろう？　ギターを選んでた子たちを……」

涼夏は、しばらく海を眺めていた。やがて、小さくうなずいた。

「見てたわ……」と、つぶやいた。また10秒ほど海を眺めている。

「少し羨《うらや》ましそうだったな」と僕。ゆっくりと涼夏は首をたてに振った。

「ああやって、同級生とワイワイやるって……やっぱり羨ましいのかな？」

僕は言った。

「それもそうだけど……哲っちゃん……ギター弾くのって、難しい？」と涼夏が訊いた。

かなり意外な言葉だった。僕は、しばらく無言……。

「うーん、難しいといえば難しいし、簡単な曲を弾くなら、そう難しくないし……」

とだけ言った。そう答えるしかない。涼夏を見て、

「……ギター、弾いてみたいのか？」と訊いた。涼夏は、ほんのかすかに、うなずいた。

「……いまのわたし、何も出来ない娘《こ》だけど、もし、ギターが弾けたらいいなぁって……。哲っちゃんみたいに上手くなくても……」

薄暗い中でも、涼夏が頰を赤く染めたのがわかった。

そうか……。さっき御茶ノ水の楽器屋で、ギター選びをしていた女子高生たち。それをじっと見ていた涼夏。その胸によぎったのは、そういう思いだったらしい。やがて、僕はうなずいた。

「わかった……。ギターを教えるぐらい、お安い御用だ」

と言った。涼夏の肩を抱いた。海風が吹き、彼女のポニー・テールを揺らした。

「その前に、ひと仕事あるんだけどな」と、僕はつぶやく。

♪

「久しぶりだな」

と陽一郎。スネア・ドラムのケースをぽんと叩いた。

3日後。うちの倉庫から、陽一郎のドラムセットを運び出していた。太鼓類は、SONOR《ソナー》、シンバル類はSABIAN《セイビアン》のセッティングだ。

僕らは、ドラムセットを車に積み込む。フェンダーと涼夏も車に乗せた。横須賀に向かった。


♪


武史は、もう店に来ていた。ステージでベースを軽く弾いている。相変わらず歯切れのいいフレーズが響いていた。

「どういう風の吹き回しだ」と店のオーナーの持田。楽器を持ち込んでいる僕らに言った。

「ただ、気が向いただけさ」僕は言った。フェンダーをケースから出す。肩に吊った。チューニングをはじめた。陽一郎が、ドラムスのセッティングをしている。まだ、夕方の5時半。店には客の姿はない。

カウンター席に座っていた涼夏が、振り返った。

店のドアが開き、木村俊之が入ってきた。会社帰りらしく、グレーのスーツ姿だった。彼は、僕が肩に吊っているストラトキャスターをちらりと見た。

「このギターとのお別れセッション……」と僕は言った。

午後8時過ぎには、ギターの買い手の刈谷守が店に来る事になっていた。そこで、刈谷にこのフェンダー・ストラトを渡す。彼から代金を受け取り、そこから手数料の2割を引き、売り手の木村俊之に……。そういう予定になっていた。

俊之は、席にかけた。持田が彼の前にビールを置いた。


♪


「じゃ、いくか」ドラムスのセッティングを終えた陽一郎が言った。

ベースを肩に吊った武史がうなずいた。その表情は、楽器屋の店員をやっている時のものではない。やはり、このメンバーでやるのが嬉しいのだ。

陽一郎が、スティックを小さく鳴らしてカウントを出した。

1（ワン）2（ツー）3（スリー）4（フォー）

店にイントロが、流れはじめた。曲は、〈Sea Of Love《シー・オヴ・ラヴ》〉。このメンバーではやり慣れたバラードだ。

8小節のゆったりしたイントロが終わる。武史がベースを弾きながら歌いはじめた。

Aメロ……。そして、そのリフレイン。

やがて、サビ……。

Aメロに戻り、一度ブレイク。

そして、間奏のギター・ソロ。僕の指が、ストラトのフレットを走りはじめる。〈空に飛んでいきそうな〉と涼夏が言った、伸びのある澄んだ音が響きはじめた。

原曲の倍の長さで、ソロを弾く。思いを込めて……。ふと見れば、俊之は目を閉じている。腕組みをし、目を閉じ、演奏を聴いている……。

やがて、ギター・ソロが終わる。

サビに戻る。そして、Aメロに戻る……。エンディングの部分を繰り返す……。店の床に音が吸い込まれていくように、演奏は終わった。俊之は、まだ目を閉じている。


♪

「オーケー！　お疲れ！」陽一郎が小声で言った。

7時40分。僕らの演奏が終わった。クラプトンを2曲。B・B・キングを1曲。CDに入れた僕らのオリジナルを4曲。それを、やり終わった。

陽一郎が、スティックをスネアの上に置いた。立ち上がる。僕は、ストラトを肩からおろす。ケースに入れた。

俊之は、まだじっと動かない。目の前のビールには全く手をつけていない。


♪


「やあ」という声。刈谷守が店に入ってきた。僕を見る。

「例のストラトは?」と訊いた。僕は、うなずく。ステージのわきに置いてあるギター・ケースを目でさした。

「で……結局、いくら払えばいいのかな?」刈谷がそう言った時だった。誰かの叫び声!

「ちょっとあんた!」という声。僕も振り向いた。

俊之だった。ストラトの入ったギター・ケースをつかみ、店のドアに! ドアを開けて、外に走り出す!

17　金で売れないものがある

僕と陽一郎が、その後を追いはじめた。

あわてず、店のドアを開け外に出た。

ハード・ケースに入ったエレクトリック・ギターは、ひどく重い。それを持って、逃げ去るのは無理がある。

だいたい、あのギターはまだ俊之のものなのだが……。

僕と陽一郎は、店を出て左右を見た。俊之は、ギター・ケースを持って小走り。といっても片手で持ったケースが重いので、ふらついている。

大柄な白人のアメリカ兵が通りを歩いてくる。俊之の肩が、そのアメリカ兵と接触した。とたん、俊之はよろける。ギター・ケースごと、道路に転んだ。

僕と陽一郎は、彼のところに駆け寄る。

「大丈夫!?」と僕は声をかけた。

アスファルトに倒れていた俊之は、のろのろと体を起こす。両膝をついたまま、地面にあるギター・ケースに、手をかけた。スーツはよれて、体全体で荒い息をしている。

「ダメだ……。これは、売れない……」

と呻《うめ》くように言った。片手で顔をぬぐった。その目から、涙がこぼれ、頬を伝い、ギター・ケースの上に落ちた。

「ダメだ……」と、またつぶやいた。僕は、そばにかがみ込む。彼の肩に手をかけた。

「それなら、売らなくてもいいんじゃ……」

さらに、

「誰にでも、金で売れないものがある。それは当然だと思うし」と言った。俊之は、かすかにうなずいた。

「ありがとう……。情けない話だが、これにはやはり未練が……」

とつぶやいた。僕と陽一郎は、うなずく。通りかかるアメリカ兵たちが、僕らの光景を不思議そうに見ている。僕と陽一郎は、俊之に手を貸して立ち上がらせた。僕が俊之に肩を貸し、陽一郎がギター・ケースを持って、店に戻る。

♪


「売れない?」

と刈谷守。僕に言った。俊之を連れて店に戻ったところだった。

「売れないって、どういうこと」と刈谷。その語気が鋭くなった。

「売り手の気が変わったんだ。それとも、売買の契約書でも交わしたかな?」僕は低い声で言った。刈谷と向かい合った。

「そんな……」と刈谷。少したじろぐ。それでも、僕と刈谷は向かい合ったまま。緊張した空気……。

その時だった。

「あの……1週間くれないか?」という声。僕らは、振り向く。俊之だった。

「1週間あれば、これとほぼ同じにカスタマイズしたストラトを仕上げる。それで……」と俊之が言った。

10秒ほどして、僕は肩をすくめ刈谷の顔を見た。「なるほど……。悪い話じゃないだろう？」と言った。

「本当に1週間で？」と刈谷。

「約束するよ」と俊之。

「話は決まったな」と僕が言った。刈谷は、まだ不満そうな顔をしている。

「1週間後で不満なら、この売買はなかった事に……」と僕。

「待て、それは困る。……わかったよ。1週間だな」と刈谷。

「そういう事」僕は、微笑してみせた。


♪


「哲っちゃん、こうなる事が分かってたんじゃない？」

と涼夏。車の助手席で言った。陽一郎と武史は、横須賀で飲んでいくという。僕は、涼夏を車に乗せ葉山に戻ろうとしていた。

「どうして、そう思う？」と僕。

「今夜の哲っちゃんの演奏、いつもより心がこもってた」と涼夏。「それを聴いた木村さん、たまらなくなったんじゃないかなあ……」と言った。

僕は、しばらく無言で運転していた。カーステレオから、イーグルスが流れている。

「正直言って、こうなるとは思っていなかった」ぽつりと言った。

「ただ、あのストラトの音を最高に活かす演奏をしてみようと思った。その結果、彼がどんな決断をするのか……。それが気になってたのは確かだな」

「……どんな決断？」

と涼夏。

「ああ……人はどこまで音楽や楽器に対して必死になれるのか……。その事を知りたかったんだ」

僕は言った。

「音楽が好きだ、楽器を手にしていると夢中になれる、そう口で言うのは簡単だ。そんな台詞は、ありふれたものだ。けど実際に、人はその事にどこまで本気になれるのか、必死になれるのか……」

僕は、つぶやいた。それは、彼、俊之の問題としてだけでなく、僕自身の問題でもあった。そのとき口には出さなかったけれど……。

イーグルスが、〈I Can't Tell You Why《アイ・キャント・テル・ユー・ホワイ》〉を歌っている。葉山が近づいてきた。

♪


夜中の1時過ぎ。彩子から僕のスマートフォンにかかってきた。

「こんな時間にごめんなさい。実は、父が帰って来なくて……」と彩子。

「まだ帰って来ない？」

「そう。こんな事、いままでなかった」彩子の声が、少しかすれている。そばにいる涼夏も、心配そうな顔をしている。

「携帯にかけてみた？」

「何回もかけたけど、出ないの」と彩子。僕は、うなずいた。

「これから来れるかな？」

「そっちへ？」

「ああ、お父さんの事で少し話したい」


♪

30分後。彩子がやって来た。「いまも父の携帯にかけたけど、やっぱり出ない」と不安そうな顔で言った。

「まあ、落ち着いて」と僕。横須賀での出来事を話しはじめた。


♪


「そんな事が……」と彩子。「父はそのギターを……」

「ああ、手放す事が出来なかったんだ」と僕。

「で、父はその後……」

「そのフェンダーを持って、帰って行ったよ」

「どんな顔で？」

「何か考えている様子だったな」

僕は言った。そのときの俊之は、確かに何かを考え込んでいる様子だった。

「すごく思いつめてるとか？」と彩子。不安そうな表情。

「思いつめた親父さんが、早まった事をしでかさないか……それが心配？」

「……」彩子は無言。どうやら、当たりらしい。

「その気持ちはわかる。けど、君が心配してるような事はないと思う」彩子が僕の顔を見た。〈なぜ?〉という表情。

「親父さんは、新たにカスタマイズしたギターを1週間後に渡す約束をした。その約束は守ると思う」僕は言った。

「なぜ、それをはっきり言えるの?」と彩子。僕は微笑した。

「ギターのカスタマイズは、親父さんにとって、生きるのと同じ事だ。それを放り出すわけはない」

「……あなたには、それがわかる?」と彩子。

「ああ……同じように楽器に関わってきた人間だから」僕は静かな声で言った。

「じゃ、父はいまどこで何を……」

「知りたいかな?」

「もちろん」

「じゃ、行こうか」


♪

僕は、ドアをノックした。

「鍵はかかってない。入って」という声。部屋の中から聞こえた。

18　この音は、やばい

　森戸海岸にある俊之の隠れ家。僕は、ドアを開けた。明かりはついて、俊之が作業台に向かっていた。

　彩子と涼夏も入ってくる。

「そろそろ来る頃だと思ってたよ」

　手を休めて、俊之が言った。スーツの上着は脱ぎ、ワイシャツ姿だ。僕を見る。

「横須賀では、すまなかったね」と言った。だいぶ落ち着いているようだ。僕は、彼の手元を見た。何か金属を削っている。やがて、それはギターのブリッジ部分だとわかった。新しく作っているのだ。

「例のストラト？」僕が訊くと、無言でうなずいた。

「期限は1週間だし」と言った。

「朝までやるの？」彩子が訊いた。俊之は、うなずいた。

「明け方まではやるかな。その後、一度家に帰って、それから会社だ」と言った。

「お母さん、心配してたわ」と彩子。

「ああ、そうだな。家に帰ったら話そう。ここで何をやってたかを」と俊之。「お母さん、怒るかな……」

「愛人を作ったとかじゃないから、少し安心するかも」と彩子が言った。


♪


「1週間で完成しそう？」僕は訊いた。

「会社から帰ってからの仕事になるけど、まず大丈夫だろう。ちょうど土日も入るし」と俊之。壁に立てかけてあるギター・ケースに視線を送った。それは、刈谷守に売る予定だったストラトの入ったものだった。

「あのストラトを、2年以上かけてカスタマイズした。それをやってる間、多くの試行錯誤もあったが、確実に技術が身についたと思う」と言った。

「それなら、大丈夫かな？」僕が言うと、俊之はうなずいた。「たぶん」

♪


「じゃ、よろしく」僕は言った。俊之の作業を見守っている彩子を残し、僕と涼夏はアパートを出ようとした。そのとき、

「あの……」と俊之。

「刈谷さんというギタリスト、私がカスタマイズしたギターでCDのレコーディングをするんだよね？」

「ああ、その予定らしい」

「で、ひとつ頼みなんだが、CDができたら、1枚もらえないかと……。記念になるんで」俊之は言った。

「全然問題ないと思う」僕は、うなずきながら答えた。


♪

夜が明けようとしていた。バスの走る海岸通りは、薄いブルーに染まりはじめていた。

僕と涼夏は、そんな海岸通りをゆっくりと歩く。相変わらず、涼夏は両手で僕の左腕をつかんでいる。体を僕にあずけて歩いている。

「木村さん、これが最後のカスタマイズになるのかなぁ……」

と涼夏。海岸廻りの始発バスが、僕らとすれ違った。

「さあ……そうなるのかもしれないな……」

僕は、つぶやいた。何かを諦めながら、それでも一歩一歩進んでいくのが大人の人生なのだろうか……。そんな思いが、胸をよぎった。夜明けの海岸通りに、ひんやりとした風が吹いていた。

♪

1週間後。午前11時過ぎ。店に彩子がやってきた。真新しいギター・ケースを持っていた。

「出来たのかな？」訊くと、うなずいた。

「お父さん、徹夜で仕上げたらしい。わたしにこれを預けて、会社に行ったわ」

「そうか……」

「これ、今日渡すんでしょう?」僕は、うなずいた。今日の午後、刈谷守に渡す事になっていた。

「お父さん、疲れてた?」

「そうね、徹夜続きだったから。でも……」

「でも?」

「なんか、充実した顔してた。初めて見るみたいな」と彩子。僕は微笑した。「お疲れさまと言っといて」


♪


「お待ちかねだぜ」と持田。店の奥を目でさした。

横須賀。ドブ板通り。午後4時。持田の店で、刈谷は待っていた。僕と涼夏は、ひと気のない店内に入っていく。

「お待たせ」と僕。ギターケースを低いステージに置く。それを開いた。

真新しいストラトキャスターが出てきた。黒のボディに白いピックガード。エリック・クラプトン・モデルだ。刈谷は、それを手にとる。シールドをアンプに繋いだ。少し緊張した表情。

メーターで弦のチューニングをした。

そして、まずA♭を弾いた。ちょっと首をかしげる。やがて、フレーズを弾きはじめた。

涼夏が、こっちを見た。僕と目が合う。彼女は、かすかに首を横に振った。

僕もうなずく。もう気づいていた。いまアンプから流れている音は、あのストラトとは微妙に違っているのだ。あのとき刈谷が欲しがっていたあのストラトとは……。

3分ほどで、彼は、弾いていた手を止めた。じっと何か考えている……。そして、

「やばいよ、これは」とつぶやいた。刈谷は僕を見た。

「ちょっと、外の空気を吸わないか」と言った。


♪


グレーのイージス艦がドックに係留されている。米軍のものだ。遅い午後の陽射しが、港の水面に反射していた。横須賀港を眺める岸壁に僕らはいた。

「まいったなぁ……」と刈谷。海を眺めてつぶやいた。そして、

「ギターに、追いつめられるとはなぁ……」と言った。

「追いつめられる?」と僕。

♪


「生まれて初めて手にしたギターは、ひどい安物だった」と彼。

「それから年月をへてプロになり、何十本ものギターを弾いてきた。……が、完璧に自分が求めてた音に出会った事はなかったよ」

と言った。僕はうなずいた。

「だから、いつも心の中で言い訳をしてた。これは、自分が本当に求めてた音じゃない。だから、ベストな演奏が出来なくても仕方ないんだと……」

「言い訳か……」と僕。プロとしてさまざまな仕事をするためには、そういう妥協が必要なのかもしれない。

「そう。人間、ずるいもので、どこかに逃げ道を作っておくんだな」

「だが、あのストラトは、完璧に求めてた音を出すんじゃ?」僕は、言った。彼が少し驚いた表情をしている。

「じゃ、君には、わかってた?」と訊いた。僕は、無言でゆっくりうなずいた。

♪


「あの人は、本当の意味のカスタマイズをしたらしい」

僕は言った。ゆっくりと説明する。

俊之が、今回のカスタマイズをはじめて2日目。電話連絡がきた。

刈谷守が、これまで録音に参加したCDが手に入らないかと……。僕はすぐ、刈谷がギタリストとして録音に参加したCDを、3枚ほど俊之に届けた。

「彼は、それを聴きながら、ギターのカスタマイズをしたようだ」と言った。

刈谷の弾くフレーズのクセ、好む音質など……。さらに、

「この人はこんな音が欲しいのだろうと、そこまで考えてギターをいじったらしい。彼自身がギターを弾く人間だからわかるんだろう」僕は言った。刈谷は、さすがに驚いた表情。

「これまでのCDを聴いて……」

「そう、あんたが弾きたがってるフレーズにぴたりの音に仕上げると言ってた」

僕は言った。

「……まいったなぁ」と刈谷。頭をかいた。三十代の半ばになる刈谷が珍しく見せる、少年のような表情だった。

「確かに、これは求めてた音そのものだよ。だが……」

「だが、もう言い訳はきかない？　ベストな演奏でないのをギターのせいには出来ない？　つまり、追いつめられた……」と僕。刈谷は苦笑い。

「そういう事だなぁ。これは、やばいよ」

「じゃ、このストラトは返却する？」

「まさか。こっちだって、15年プロでやってきた人間だ。腹をくって、こいつを使いこなしてやる。そして、いつか最高の演奏をする」と刈谷。きっぱりと言った。

カモメが1羽、視界をよぎっていく。

「あの人に、よろしく言っといてくれないか。最高のカスタマイズだったと」

と刈谷。右手を差し出し僕と握手をした。もう夕方が近い。米軍のドックに、明かりがついた。港の水面に明かりが映って揺れている。少し涼しくなってきた海風が、僕の頰をなでた。

♪


「あ、気圧が下がってきた。天気が崩れる……」

涼夏が、つぶやいた。

午後4時半。空は晴れて明るい。だが、涼夏は〈天気が崩れる〉という。涼夏は、さまざまな感覚が鋭敏だ。いまも、気圧が下がってきたのを感じたらしい。

カレンダーはめくられ、5月に入っていた。夕方近い陽射しが、海岸道路に射している。

そのとき店のドアが開き、木村俊之が入ってきた。

あのストラトを刈谷に渡し、代金は受け取った。その金はまだ俊之に渡していない。電話連絡しても、〈いまは忙しいから、そのうち取りに行くよ〉という返事ばかりだった。やっと、その俊之がやって来た。スーツ姿だった。

「すまない。このところひどく忙しくて」と彼。

「もう、部長になったとか？」

「いや……逆さ。仕事の引き継ぎで……」

「引き継ぎ？」

「ああ、今月末で退社するんだ」俊之が言った。

ＣＤの整理をしていた涼夏の手が、ぴたりと止まった。

「会社を、辞める……」

「そういうこと……」と俊之。ひと息……。

「ちょっと一杯やらないか？」

19　48歳の暴走

急に空が暗くなり、雨が降ってきた。涼夏の予想通り、大粒の雨が、窓ガラスに当たりはじめた。

うちから歩いて3分。皮肉にも〈Drop Out《ドロップ・アウト》〉という店に僕らはいた。涼夏はジンジャーエール、僕と俊之はラム・ジンジャーを飲みはじめていた。

「会社を辞める……」と僕。あらためて訊いた。

「ああ、辞める事になった」と俊之。さらりと言った。

「まさか、そうくるとは思わなかった」と僕。

「そうかな？　君はあの日、横須賀の店で、あれだけ煽《あお》るような演奏をしておいて……」と俊之。僕は、軽く苦笑いした。

「確かに、君の演奏を聴いて心は大きく揺れた。だが、自分の中ではまだまだ五分五分だったんだ、この先どうするかについて……。が、会社を辞める決め手になったのは彩子の言葉だよ」

「彼女が……」

「そう。横須賀から帰った夜、私はストラトのカスタマイズをはじめていた」

僕も涼夏も、うなずいた。

「君達が帰った後も、私は作業をしていた。それをそばで見ていた彩子が言ったよ。……お父さん、いい顔してるって」

「いい顔か……」

「ああ。会社の仕事を家まで持ち帰ってパソコンに向かう事もあった。それを彩子も見ていたはずだ」

「だが、そのときはいい顔をしていなかった？」俊之は、苦笑しながらうなずいた。

「たぶん、そうだろうな。単なる仕事の残業なんだから」

♪


「私はこれまで〈製品〉は作ってきた。が、〈作品〉は作ってこなかった」

と俊之。2杯目のラム・ジンジャーに口をつけた。

「でも、カスタマイズしたあのギターは作品……。わかる」

僕は言った。お世辞ではない。彼がカスタマイズしたギターは、確かに作品と呼んでいいレベルに達している。

「で、これからは作品作りを？」訊くと、俊之はうなずいた。

「彩子に言われた。お父さん、いままで家族のために会社勤めをしてきたけど、もういいんじゃない。自分のやりたい方向に暴走しても……だとさ」

俊之は、にっと白い歯を見せた。

「暴走か、いいね」

と僕。グラスに口をつけた。こいつ、なかなか面白い親父じゃないか……。

「で、暴走することにした？」

「ああ、退職願はとっくに出した。さっきも言ったように、いま仕事の引き継ぎをしてるよ」

「……それで、家庭は大丈夫？」

「大丈夫なわけないよ」


♪


「ぶっちゃん、濃い目のを2杯」僕は店のオーナーに言った。

やつの名前は、田淵《たぶち》。太っているので、皆からは〈ぶっちゃん〉とか〈ぶっちょ〉とか呼ばれている。元は東京にあるＦＭ局で編成の仕事をしてたという。が、文字通りドロップ・アウトしてこの小さな店を開いたのだ。

「はいよ」とぶっちゃん。僕らの前に、ラム・ジンジャーを置いた。

「私の妻が結婚した相手は、大手の企業に勤める木村俊之であって……」

「ギターいじりにのめり込む暴走オヤジではない」

「その通り」

「じゃ、家庭は崩壊？」

「冗談抜きに、そうなるかもしれないな。離婚届はもう書いて、妻に渡してある。彼女が署名・捺印して役所に提出すれば離婚が成立するよ」

「なるほど。で、慰謝料とかは？」

「私の早期退職金と企業年金は、すべて妻に渡す事になっている」

「じゃ、完全なプータローになるわけだ」と僕。「まあ、そういう事だね」と俊之。

店のオーディオから、Tash Sultana《タッシュ・スルタナ》の歌う〈Jungle《ジャングル》〉が流れている。何が潜んでいるかわからないジャングル……この状況にぴったりのＢＧＭだ。


♪


「なあ、哲也君」と俊之。3杯目のラム・ジンジャーをぐいと飲んだ。そして「家族って何だろう……」と言った。僕は少し考える……。

「まあ、中古で買ったやたらに安いギター、かな」

「中古の？　やたらに安い？」

「そう、かなり当たりはずれがある。そしてはずれの確率は相当に高い」と僕。俊之が笑い声を上げた。

「君も言うね。確かにそうなのかもしれない……」

「現に、おれにもこの子にも、まっとうな家族なんていないも同然」僕は、隣りにいる涼夏の肩を叩いた。

「早い話、うちは孤児院だよ」

「孤児院？」

「そう、〈しおさい孤児院〉。それでも、おれたち、なんとか生きてるよ」僕は言った。

俊之が、うなずいた。

「なんとか生きてる……。そうか、世の中、〈なんとか〉でもいいんだよな……。ちょっと元気が出てきた」と俊之。

「その調子。もう一杯いこう」


♪


「哲っちゃん、大丈夫？」と涼夏。僕の体をささえた。

俊之が7杯、僕が6杯を飲んだ。お互い、少しふらつきながら、店の外で別れた。

もう、雨は上がっている。ちょっとふらつく僕に体をくっつけて涼夏は歩く。ふと、

「孤児院か……」

と言った。

「そう、しおさい孤児院。昔の曲みたいに〈朝日の当たる家〉と言いたいところだが、うちの場合は夕陽の当たるボロ家か……」

僕と涼夏の笑い声が、夜の海岸通りに響いた。

僕は、別れ際に見た俊之の顔を思い出していた。何か、吹っ切れたようなその表情を……。海岸通りを渡る風の中に、初夏の匂いがしていた。


♪


「彼女だ！」

陽一郎が船首から見て2時の方向を指さした。ピンクのセイルが、海面を走ってくるのが見えた。

5月の明るい陽射しが照り返している海。彩子がウインドのセイルに風を受けて走ってくる。

僕と陽一郎は、漁船の上にいた。仕掛けておいた刺網を上げたところだった。

風速は3、4メートルほどだろう。が、セイルの扱いが上手い彩子は、かなりなスピードで走ってくる。彼女は漁船の上にいる僕らに気づいた。一度手を振り、コースを変え、こっちに近づいてくる。

♪


「もう、足首の具合はいいみたいだな」僕は言った。

彩子が漁船のそばでセイルを倒し、船に上がってきたところだった。

「おかげさまで、もう完全に大丈夫よ」と言った。陽一郎が、クーラーボックスからスポーツドリンクを出して彼女に渡す。

「練習？」と僕。彼女は、うなずいた。

「来月、沖縄で大きな大会があるの。賞金も高い大会……」

「優勝を狙う？」

「出来れば、ね」

「って事は、就職するのはやめたのかな？」訊くと、彼女は少し無言……。やがて、スポーツドリンクを手に笑顔を見せた。

「やめたわ。海から離れるのは、やっぱり無理……」

僕は、しばらく考えた……。

「もしかして、それには、親父さんの事が影響してる?」と訊いた。

「たぶん、そうね……」

「親父さんを暴走させておいて、自分だけ安全な道を行くわけにはいかない?」

彩子が口を大きく開き笑った。

「実は、わたしもかなり驚いてるの。ああは言ったけど、まさか、あのお父さんが会社を辞めるとは思っていなかったから」

「へえ……」

「でも、お父さんがあのギターをカスタマイズし終わったときに、そばで見てて感動したわ」

「終わったとき……」

「そう。カスタマイズしたギターをアンプに繋いで音を出したそのときよ。お父さんの目に涙がにじんでたの……」

ちょっとしんみりした口調で彼女は言った。

「思ったわ。ああ、この人はいまこの瞬間、最高に幸せなんだって……」

「わかるよ」と僕。

「誰にだって幸せになる権利があると思う。それが、たとえ一瞬でも」

と彼女。僕は、うなずいた。しばらく考え、

「そして、君も？」

「そうね……。それが一瞬の事でも、本当に幸せだと感じられればそれでいいのかも……。ほんの少しの勇気は必要だけど……。お父さんにその勇気があるなら、娘のわたしにもあるはずよ」

彩子は言った。いつもは軽口を叩く陽一郎が、いまは珍しく黙っている……。陽射しが眩しいのか、やつは眼を細めている。やがて、

「あ、そうそう」と彼女。「ちょっと用があるんで、明日あなたの店に行っていい？」

と僕に言った。

「もちろん」


♪

翌日。午前11時半。店のドアが開いた。

彩子と、そして俊之が入ってきた。俊之は、コットンパンツにポロシャツというスタイルだった。

「あの、これ……」彼は言い、チラシのようなものを差し出した。A4サイズの、まさにチラシだった。

〈ギターのカスタマイズ引き受けます！〉

というタイトル。そして、仕事内容の本文が数行。さらに、フェンダーやギブソンやアコースティック・ギターのモノクロ写真がある。最後に俊之の名前と携帯の番号。

涼夏も、そのチラシに顔を近づける。

「出来たばかりなんだ」と俊之。少し照れたような表情……。

「お店に、置いてくれる？」と彩子。

僕は、うなずいた。チラシの1枚を近くの壁に貼った。残りは、カウンターに置いた。

「じゃ……ほかの店にもこれを置いてくれるように頼みに行くよ」と俊之。

「頑張って」僕は言った。

店を出ていきながら、

「そろそろお昼よ。お父さん、お腹すいてない？」と彩子。

「ああ、すいたな」と俊之。「今日はラーメンだな」と言った。

「今日もラーメン……。ケチね」

「なんせ、プータローだから」

そして、二人は笑いながら、僕らに手を振った。僕と涼夏は、店のすぐ外で彼らを見送っていた。俊之と彩子は、何かにぎやかに喋りながら海岸通りを歩いていく。その肩に、5月の透明な陽射しが降り注いでいた。

僕は、ふと、隣りにいる涼夏の横顔を見た。

陽射しの明るさに、眼を細めている涼夏。少し唇を開いて遠ざかる二人を見ている。その瞳に、明らかな寂しさが漂っていた……。

しばらくして、僕にはその理由がわかった。

彼女は、間違いなくあの父と娘が羨ましいのだろう。

俊之と彩子のこれから先は全くわからない。けれど、この一瞬は笑い合いながら、肩を並べて歩いていく……。そんな父と娘の姿が、羨ましいのだろう。

家族から遠く離れている自分に比べて……。

僕は、どんな言葉をかけていいのか、わからないでいた。やはり、陽射しの眩しさに眼を細める。遠ざかる俊之と彩子の後ろ姿を見つめていた。

店の中から、J・J・ケイルの〈Don't Cry Sister《ドント・クライ・シスター》〉が流れていた。


♪


「あなた、本当に哲也君よね……」

店に入ってきた彼女が言った。僕も、ギターを手にしている涼夏も、思わず彼女を見た。

それは、水曜の午後2時だった。

20　ギブソンじゃ重すぎる

相変わらず、店は暇だった。僕は、涼夏にギターを教えはじめていた。彼女の心に吹いている哀しいすきま風……。そのすきまを埋めるのに、ギターは役立つかもしれないと思っていた。

初心者にも扱いやすい、小ぶりなアコースティック・ギター。それを涼夏の膝にのせる。

まずは、指一本で押さえられるコード。G_7のオープン・コードを教えはじめた。

そのときだった。店のドアが開いた。一人の女性が入ってきた。

年齢がわかりづらい人だった。二十代にも見える。三十代の前半にも見える。背が高い。僕は175センチだが、彼女も165センチぐらいありそうだ。

細身の体に、スリム・ジーンズ。コットンのジャケット。ストレートの髪は、濃いブラウン。真ん中分けで肩までかかっている。主婦や普通のOLには見えない。たとえばデザイン関係、あるいは音楽関係……。そんな雰囲気だった。彼女は、落ち着いた表情で店内を見回す。僕と目が合うと、じっと僕の顔を見ていた。そして、

「あなた、本当に哲也君よね……哲っちゃん……」と言ったのだ。

知り合い……。僕は、うなずきながら、彼女をじっと見ていた。記憶のページをめくる……。

「思い出さない？　あなたのお父さんによくリード・ギターを弾いてもらったバンドの……」

と彼女が言った。その瞬間、記憶が蘇った。

♪

「レイ……」

僕は、つぶやいていた。彼女は、微笑した。

「思い出すのに、ずいぶん時間がかかったわね。まあ、最後に会ってから10年ぐらいたつんだからしょうがないか」

彼女は、微笑したまま言った。僕は、はっきりと思い出していた。彼女は、ミュージシャン。正確に言うと、元ミュージシャンだ。

「大きくなったわねぇ、哲っちゃん」とレイ。じっと僕を見た。

「それは当然じゃ……」と僕はつぶやく。彼女と最後に会ったのは10年ほど前。僕はまだ10歳か11歳だったのだ。

「お父さんのお葬式、来られなくてごめんなさい」と彼女。僕は、首を横に振った。

「親父の葬式はやらなかったんだ。本人の希望で……」と言った。彼女がうなずいた。しばらく無言でいた。

「あの人らしいわね」と言った。


♪


「また、ギターを?」僕は、訊き返していた。彼女は、小さくうなずいた。

「実は、またちょっとバンドをやる事になって……」

「へえ……」

僕は、つぶやいた。彼女たちのバンドが解散したのは、確か8年近く前の事だ。それが、またバンドを……。だが、その事情は訊かない事にする。

「また、ギターを弾いて歌うとか？」訊くと、彼女はうなずいた。

「できるかどうか、わからないけどね」と言って軽く苦笑した。そして、この店に来たという事は、

「ギターが必要？」僕は、訊いた。

「いいのがあれば……」と彼女は言った。

♪

「これは、きついわ」

とレイ。右手で自分の肩を押さえた。

「ギターって、こんなに重かった？」と言った。

彼女が肩に吊っているのは、ギブソンのレス・ポール。そのトラディショナルだ。

彼女がいちおう元プロなので勧めた一流のギターだが、確かに重い。4・5キロ近く

あるだろう。彼女は椅子にかけ、ギブソンを膝にのせた。僕は、シールドをアンプにつないだ。

彼女は、フレットを押さえ弦を弾いた。Fのコードを弾いた。が、6本の弦のうち、3本しか音が出ていない。CDの整理をしていた涼夏が、彼女を見た。

「ダメ。指が痛い……」

と彼女。ギターのフレットから手を離した。「腕がなまるってよく言うけど、指もなまるのかしら」と言って苦笑い。

そのギブソンは、1週間前に持ち込まれたものだ。弾いていたのは二十代の男性客。がっちりした体格だった。指もごつい。なので、かなり太いヘビー・ゲイジの弦を張っている。

「これは、無理……」と彼女。

「細い弦に張り替えたら？」と僕。

「その前に、ギターそのものが重すぎ。もっと軽いのはない？」彼女は言った。

それは、わかる。彼女はバンドのリード・ヴォーカル。肩にかけたギターでコードを弾きながら、歌い続けるのだ。

「探してみるけど……」と僕。

「よろしくね」と彼女。やっている店の経営がうまくいっているので、予算には気を遣わなくていいという。

♪

「これね……」と涼夏。一枚のCDを差し出した。

レイが帰った5分後だった。

僕は、涼夏が手にしているそのCDを見た。

ジャケットには、〈Girls On The Board《ガールズ・オン・ザ・ボード》〉という大きな文字……。それが、レイたちのバンド名だった。

メンバー4人のうち3人が、子供の頃からサーフィン好き。なので、そんなバンド名になったらしい。気取っていないし、湘南らしくて、僕も好きだった。

これは、彼女たちのファースト・アルバム。ジャケットにはこの文字だけ。メンバーの写真などはない。

「なんで、このCDだとわかった?」

僕は涼夏に訊いた。

「声……」と涼夏。「いまのレイさんの声に、聞き覚えがあった。それが……」

「このCD?」訊くと、涼夏はうなずいた。

「なるほどな……」と僕。このCDが中古で店に持ち込まれたのは、3カ月ほど前だ。そのとき、涼夏はCDを聴いてノイズのチェックをしたはずだ。それで、レイの歌声が記憶に残っていたのだろう。涼夏の聴力ならあり得る事だ。

「それに……」と涼夏。「このCDに、好きな曲が入ってるから」と言った。

「好きな曲?」

「そう、〈エターナル・フレーム〉」涼夏は言った。

僕は、うなずいた。〈Eternal Flame《エターナル・フレーム》〉は、ザ・バングルスというアメリカのガールズバンドの曲だ。

バングルス最大のヒット曲。アメリカとイギリスでヒットチャートの1位を獲得した、叙情的なバラードだ。レイたちのこのCDにも、それがカバー曲として収録されている。

涼夏が、そのCDをプレーヤーに入れた。2曲目、〈エターナル・フレーム〉が、ゆったりと流れはじめる。涼夏は、CDに合わせて歌詞を軽く口ずさみはじめた……。

♪


レイたちのバンドは、高校の軽音楽部からはじまった。

若宮大路《わかみやおおじ》に面した〈鎌倉女学院〉。地元湘南では〈鎌女《かまじょ》〉と呼ばれている女子校だ。

その高校にある軽音楽部のメンバーで組んだのがレイたちのバンドだ。

「何人のバンド？」と涼夏。

「基本は4人」と僕。

「……5人で演奏してるように聞こえるけど」

「その1人は、親父さん。リード・ギターを弾いてる」

と僕。ヴォーカルのレイが、ギターでコードを弾きながら歌う。あとは、キーボード、ベース、そしてドラムス。

「それが、バンドの構成だった」僕は言った。

キーボード・プレーヤーは、かなり上手だったと思う。幼い頃からピアノを弾いていたという。彼女が、主にソロの部分を弾いていた。

「でも、やっぱりリード・ギターは欲しくて、親父がサポート・メンバーとして弾いてたんだ」

その頃の湘南では、親父はかなり名の知れたギタリストだった。それで、レコーディングやステージには、しょっちゅう呼ばれていた。

「特に彼女たちがプロとして活動しはじめてからはね」

「何歳でプロデビュー？」

「確か、高校を出てすぐだったと思う」

高校3年の秋、あるレコード会社のオーディションに通り、彼女たちはデビューした。翌年の6月には、ＣＤを出した。インディーズだが、その中でも大手のレーベルから、デビューＣＤが出た。

「売れたの？」と涼夏。

「まあまあだったと思う」

彼女たちについたキャッチフレーズは、〈湘南のバングルス〉。

よく考えると陳腐……。だが、すでにＣＤの売れ行きが鈍っている時代だ。有名なガールズバンド、バングルスの名前を使って売り出そうという苦労はわかる。

実際に、レイたちは高校の頃からバングルスの曲をよくやっていたという。このデビューCDにも、〈エターナル・フレーム〉ともう1曲、バングルスをカバーした曲が入っている。

「CDは、インディーズとしては、まずまず売れたみたいだし、横浜や湘南でステージも数多くこなしてたな」

と僕。そんなステージにも、親父がサポート・メンバーとして参加していた。まだ小学生だった僕も、よく練習スタジオやステージの楽屋に遊びに行ったものだった。そこまで涼夏に話したときだった。

「そうだ……」

僕はつぶやく。スマートフォンを手にした。

21　テレキャスターなら、どうだ

コール音が7回……。切ろうとしたとき、俊之が出た。

「あ、哲也君か、すまない。仕事してて電話に気づかなかった」

「仕事？　ギターのカスタマイズ？」

「ああ、とりあえず、学生時代の音楽仲間に連絡したんだ。そしたら、まだギターをやってるのが2人いて、彼らから仕事がきたよ」と俊之。

「もちろんアマチュアだから、カスタマイズ料はあまりとれないけどね」と言った。

僕はスマートフォンを手にうなずいた。

「実は、いい仕事の相談があるんだ。来れないかな？」

1時間後に行くと俊之は言った。

「フェンダーのスィンラインか……」

と俊之がつぶやいた。


♪


1時間後。彼が、店に来たところだった。僕は、一台のギターを俊之に見せていた。フェンダーのテレキャスター〈Thinline《スィンライン》〉。

フェンダー・ギターの原点になる名作、テレキャスター。その軽量化を目的に開発されたモデルだ。

エレクトリック・ギターは基本かなり重い。それを軽くするために、このシリーズではボディの一部をくりぬき空洞にし、〈Fホール〉と呼ばれる穴を開けている。

そのスタイルも洒落ているので、発売した当時から人気だったようだ。

このギターは、1968年の初登場から何回かマイナーチェンジされてきた。

いま手にしているのは、わりと最近のもの。2つのピックアップには、ハムバッカーが採用されている。

僕は、これが必要な事情を俊之に説明しはじめた。

♪


「軽さと弾きやすさか……」と俊之。そのテレキャスターを手にしてつぶやいた。

「軽さは、問題ないと思う」僕は言った。

さっき、レイに持たせたギブソンは約4・5キロ。

このテレキャスターのスィンラインは、さっき計ったら約2・7キロだった。これ以上軽いエレクトリック・ギターは、まずないだろう。

「となると、問題は、弦の押さえやすさか……」と俊之。

「細い弦を張るとして、あとは弦高かな」僕が言い、俊之がうなずいた。

弦高……。つまり、弦とフレット板の距離だ。これが開いていると、当然押さえづらい。だが、この間隔を詰め過ぎると、

「バズ音が出るし……」

と俊之がつぶやいた。僕はうなずく。弦とフレット板の間隔を詰め過ぎると、問題が起きる。

あるフレットで押さえた弦が、その手前のフレットにも触れてしまい、バズ音、つま

り雑音が出てしまうのだ。

「そこをなんとか出来ないかな？」

僕は言った。俊之は、ギターをしばらく見ている。

「ナット、フレット、そしてブリッジ、その全部を替えるなら、何とかなるかな」

と言った。僕は、うなずいた。予想通りの答えだった。このテレキャスターは、中古で持ち込まれたものだ。が、すぐ売れる人気モデルなので、うちの店で買い取っている。

「徹底的に、いじってかまわないけど……」と僕は言った。

「時間はどのくらいあるのかな？」

「10日ほど」レイから、そういう注文がきている。俊之は、うなずいた。

「とりあえず、やってみるよ」と言った。そして、僕を見た。

「そのレイというミュージシャンは、ギターを弾いて再デビューを？」と訊いた。

僕は5秒ほど考える。

「さあ……そこの所は、彼女に聞いていなかったなぁ」とつぶやいた。

♪


「別人みたいだった、木村さん……」

涼夏がつぶやいた。

「彼？」

「そう、会社辞めてから、まるで別人。生き生きしてる」と涼夏。さっきのやりとりを聞いて、そう感じたらしい。

「前は、ただバスに揺られてる人って印象だったけど、いまは、バスに乗らずに自分の足で歩いている人って感じ……」

涼夏が言った。その言葉に、僕は少し感心していた。

この子が口にする一言に、どきっとする事が時々ある。それを、あらためて感じていた。

僕は、電気釜で炊いたタコ飯を茶碗によそう……。彼女の前に置いた。

陽一郎にもらったタコを細かくきざみ、炊き込んだ飯だ。薄紫色の飯の上に、刻んだ緑の浅葱《あさつき》を散らした。それを口にした涼夏が、

「美味しい……」

しみじみとした口調で言った。

「哲っちゃん、やっぱり料理が上手……」

僕は、ちょっと苦笑い。うちの母は、僕が6歳のときに親父と離婚。家を出ていった。

小学生の頃から、僕は料理をするしかなかった。嫌でも、腕は上がる。

それにしても、レイは再デビューをするのだろうか……。正直言って気になっていた。

涼夏は、しみじみとした表情でタコ飯を食べている。

リビングのCDプレーヤーから、イーグルスの12弦ギターが流れている。


♪


10日後。昼過ぎ。俊之が、カスタマイズしたテレキャスターを持ってきた。

「なんとかなったと思う」と、それだけしか言わなかった。その言葉の少なさが、かえって彼の自信を感じさせた。

そして、午後3時。涼夏は、友達のタマちゃんと近所のワッフル・カフェに行っている。店のドアが開き、レイが入ってきた。

「どう？」

「とりあえず、これ」と僕。テレキャスを彼女に渡した。

「フェンダー……」

「こいつは、初めて？」

「テレキャスターは使った事があるけど、このFホールの開いたタイプは初めて」とレイ。テレキャスターを肩にかけた。

「あ、軽い……」と言った。そして、弦に触れた。オープン・コードのCを弾いた。きれいな音が出た。

そして、Am……Dm……。やがて、F……。6本の弦、その全部がうまく鳴っている。

彼女は、ため息をつき、笑顔になり、

「すごい……これは、弾きやすいわ」と言った。


♪


「ねえ、哲っちゃん」

とレイ。

「これでも、まあまあいいんだけど……出来たら、もうちょっと細い弦を張れない？」と言った。僕は、うなずく。〈アーニー・ボール〉のパッケージを取り出した。さらに細い〈エクストラ・スリンキー〉のセットを出す。

テレキャスターから、6本の弦を抜き、それに張り替えをはじめた。

これだけ弦が細いと、もちろん音のパワーは落ちる。が、コードを弾いて歌う彼女の場合は、これでいいのだろう。どっちみち、アンプやＰＡで音を増幅させるわけだし……。手を動かしている僕を、レイが見ている。クスクスと笑う。そして、

「哲っちゃん、あんまり変わらないわね」と言った。僕は、一瞬、手を止めた。

「そうしてる姿……あの頃を思い出す」とレイ。「あなた、よく、道雄《みちお》さんにくっついて、スタジオに遊びに来てた……」と言った。道雄は、僕の親父だ。

「あなた、あの頃は小学生だったけど、いつもギターを弾いてた。すごい勢いで速弾きしてた。昔から口数の少ない子だったけど、ギターを手にしてればご機嫌だった」

「確かに……」

「まだ子供なのにとんでもなく上手いんで、みんな感心してたのよ」とレイ。僕は、無言でいた。また、手を動かしはじめた。

「だから、あなたがCDを出したときは、やっぱりって感じだった」僕の手が、止まった。

♪


「あれって、2年前？」とレイ。

「もう、3年前かな……」

「じゃ、あなたは18歳だった？」僕は、手を動かしながら、うなずいた。

「その年でCDを出すのもすごいけど、かっこいいCDだった」

彼女が言った。僕は、6本の弦を張り終えた。チューニング・メーターを取り出した。

「訊いていい？」とレイ。

「あれが3年前なら、そろそろ次のCDは作らないの？」僕は、弦のチューニングをはじめた。無言……。

「あのCDに、何か問題があったの？」とレイ。僕は、5弦のチューニングをしながら、

「大問題……売れなかったんだ」ぼそっと言った。

「売れなかった？」と彼女。僕は小さくうなずき、

「神奈川県内で、45枚……」

「嘘」とレイ。白い歯を見せた。「ギターほど冗談は上手くないわね」

僕は、苦笑いして、「神奈川県内で、48枚」と言った。今度は、レイが苦笑い。

「3枚増やしたってだめよ。あのCD、そこそこ売れたと思う」と言った。僕はまた無言。弦のチューニングを続ける……。

「ところで、バンドをやるって、ミュージシャンとしてカムバックするわけ？」と話を変えた。

「そうじゃないの。ちょっと訳があって……」

22　彼女の寝息は、ワッフルの香り

「うちのバンドは、やるだけやったって感じで解散したわ」とレイ。

彼女たちのバンドが、活動したのは約4年間。その間に3枚のCDを出した。

〈ある程度は売れたが、そこ止まりだった〉と親父が言っていた。

彼女たちの曲は、洒落ていたが、一般うけを狙ったいわゆる〈J・POP〉ではなかった。そこに売れ行きの限界があったのだろう。親父は、そう言っていた。

〈でも、あのバンドは、あれで良かったと思うな〉親父は、そうも言っていた。一般うけを狙った曲はやらなかった、それはそれで潔かったと……。

そして、解散。

「解散したあとも、メンバーとは付き合ってたわ。高校時代からの仲間だし」とレイ。

「うちのメンバー、覚えてる？」と訊いた。

「だいたい」と僕。レイがこの前うちに来てから10日。その間に、僕はあの頃をかなり思い出していた。バンドのメンバーについても……。

「キーボードの真紀《まき》ってわかる？」とレイ。僕は、うなずいた。

「彼女が結婚する事になったの。うちのメンバーでは初めての結婚。しかも、相手はドイツ人で……」


♪


「……ドイツ人と結婚……」

僕はつぶやいた。キーボードの真紀は、腕のいいプレーヤーだった。が、メンバーの中では、一番おとなしい、お嬢さんっぽいタイプでもあった。

「彼女、家柄がよくて、子供の頃からクラシック・ピアノをやってたの。かなり英才教育を受けてたらしい」

とレイ。

「でも、高校生の頃は、ちょっとクラシックに退屈してて、軽音に入ったの」

「で、バンドに参加？」

「そう。あの頃は、バンドを楽しそうにやってたわ。で、それはそれとして、バンドが解散したあとは、あらためて音大に入ったの」

「また、クラシックを？」レイは、うなずいた。

「また、そこに戻ったわけね。音大を卒業してからは、クラシックのピアニストとして演奏活動をしてたわ」僕は、2弦のチューニングをしながらうなずいた。

「それで、1年半ぐらい前かなぁ、彼女、ドイツから来たチェロ奏者と知り合って……」

「で、結婚？」

「そう、付き合いがうまくいったわけ。あと2カ月すると、ドイツで結婚式を挙げるの。彼はハンサムだし、チェロ奏者としての評価も高いらしいわ」

「へえ……。で、結婚したあとは、ドイツに住む？」と僕。レイがうなずいた。

「そうなると、あまり会えなくなるのか……」

「うん。いままでみたいには会えなくなるわ」

「なるほど……。それで、もう一度、バンドを？」また、レイがうなずいた。

「まあ、お別れライヴをやろうって事になったの。一晩だけのライヴ……」

「一度だけのお別れライヴ……」僕はつぶやいた。事情がわかった。弦のチューニングを終えたギターを、彼女に渡した。

「あ、そうだ。哲っちゃんに頼みがあるんだ」

♪

「おれにギターを？」僕は、訊き返した。

「そう、道雄さんに弾いてもらってた所を、哲っちゃんに弾いて欲しいの」とレイ。

「あなたの腕なら、簡単でしょう？」と言った。そして、バッグからCDを3枚取り出した。彼女たちが出したCDだった。レイは、それを僕に見せ、「やる予定の曲は、これとこれと……」と指でさす。

そのとき、店のドアが開いた。涼夏が帰ってきた。

「ただいま！」と言う。CDジャケットを一緒に見ている僕とレイを見た。

「ちょっと着替えてくる」と言い、二階に上がっていった。気をきかせたつもりらしい。

レイが、その姿を目で追っている。

「この前もいたけど、彼女はバイト？」

「いや……」と僕。レイは、にやにやする。

「可愛い子じゃない、怪しいなぁ……」と言った。

「怪しくなんかないぜ。従妹なんだ」

「従妹か……。道雄さんの方の？」

「そう、親父に弟がいてその娘」

「へえ……。でも、あんな可愛い従妹ちゃんと、もしかして一緒に暮らしてるの？」

僕は、うなずいた。「まあね」

「ふうん……」とレイ。意味ありげな表情をしている。

「でも、あいつまだ15だぜ」

「15歳は、もう子供じゃないわ。哲っちゃんだって、わかってるんじゃない？」

僕は苦笑い。その話は打ち切ることにした。

「ライヴのサポートは引き受けたよ」と言った。ライヴでやる曲名をメモしはじめた。

♪

夜の10時半。

「哲っちゃん、ちょっといい？」という声。ベッドに寝転がっていた僕は、体を起こした。涼夏が、部屋の入り口に立っていた。

「これ、読んでくれる？」と涼夏。一冊の本を手にしている。〈スティーヴィー・ワンダー詩集〉。S・ワンダーのナンバー、その歌詞を訳したものだ。

「いいよ」と僕。彼女がベッドのそばまで来る。床に腰をおろし、ベッドにもたれかかった。僕は、詩集を開く。

「どの曲？」

「あの……〈太陽のあたる場所〉」

と涼夏。僕は、うなずいた。S・ワンダー初期のヒット曲。いい曲で、いい歌詞だ。

英語のタイトルは〈A Place In The Sun《ア・プレイス・イン・ザ・サン》〉。僕は、詩集の14ページを開いた。

〈太陽のあたる場所〉。その、英語の歌詞と、日本語の訳詞を、交互にゆっくりと読み上げはじめた。

涼夏は、僕のベッドに上半身をあずけて聞いている。その顔は、すぐそばにある……。

〈誰もが望む、太陽のあたる場所が、
　どこかにあるはず……
いつかきっと、僕はそこにたどり着く……〉

そんな内容の歌詞を読んでいく。すぐそばにある涼夏の横顔が静かだ。
この子にも、たどり着きたい太陽のあたる場所があるのだろうか……。あるとしたら、それはどんな場所なのだろう……。僕はふと、そんな事を思っていた。

♪

やがて、読み終わった。
ふと見ると、涼夏は居眠りをはじめていた。僕の膝に頭をのせて、うつらうつらしている。この詩集は、何回か読んでやった事がある。今夜の涼夏は、たぶん僕に甘えたかったんだろう。

僕は、すぐそばにある彼女の顔を見た。長く濃いまつ毛……。あまり高くない鼻……。唇がかすかに開いている。無邪気さの残る寝顔だった。

僕は、さっきのレイの言葉を思い出していた。

〈15歳は、もう子供じゃないわ〉。

そうかもしれないし、そうではないのかも……。

彼女の寝息は、かすかに甘い匂いがしている。涼夏は、夕食後、カフェで買ってきたワッフルにママレードをつけて食べていた。

そのワッフルの香りが、寝息から漂っている。

ふと見れば、唇の端にママレードが少しついている。僕は、指先でそのママレードをぬぐってやった。

ティッシュペーパーが、手の届くところにない……。僕は、指先についたママレードを、そっと舐《な》めた。それは、甘く、少しほろ苦い味がした。

降りはじめた小雨が、窓ガラスを濡らしていた。静かだった……。

♪


「え、哲也君?」とベースの貴子《たかこ》。スタジオに入っていった僕を見て声を上げた。

ドラムスの奈津子《なつこ》も、シンバルのセッティングをする手を止めて僕を見ている。

「哲っちゃん、大きくなった……。って言っても当たり前か。あれから10年たつわけだし」

と貴子。僕は、苦笑い。

「そういう事」とだけ言う。ハード・ケースを開け、ギターを取り出した。

午後の1時。鎌倉・由比ヶ浜《ゆいがはま》にある練習スタジオだ。僕は涼夏を連れ、約束の時間にやってきたところだった。

「まだ、キーボードの真紀と肝心のレイが来てないの」と貴子。

「まあ、セッティングしとこう」僕は言った。

ドラムスの奈津子も、またシンバルのセッティングをはじめた。僕は、シールドをアンプに繋ぐ。ギターの音を出しはじめた。涼夏は、スタジオの隅で椅子に座っている。

「彼女が、話題の従妹ちゃんね」ベースを肩にかけて貴子が言った。

「話題の？」

「そう、レイから聞いてるわ。でも、ホントに可愛いのね」

貴子が言い、奈津子もうなずいた。涼夏は、両脚を揃えて椅子に座ったまま、頬を赤らめている。

そのとき、スタジオの厚いドアが開く。キーボードの真紀が入ってきた。

彼女だと、すぐにわかった。貴子や奈津子はジーンズ・スタイルなのに、真紀はスカート姿だった。譜面をかかえている。〈そう言えば〉と僕は思い出していた。昔から、真紀はこんな感じだった。

「哲也君……久しぶり！　噂通り、大人になったわね……」と真紀。笑顔を見せた。

「あの……結婚するみたいで、おめでとう」と僕。

「ありがとう」と真紀。少し照れた表情。キーボードの方に歩いていく。


♪


「レイが事故？」

と奈津子が訊き返した。

「そうみたい。国道１３４号で接触事故だって」と貴子。スマートフォンを手にして言った。

23　鳥肌が立ったわ

「小動《こゆるぎ》の近くで車と車が接触したんだって。いま、警察を呼んでるところらしい」

と貴子。スマートフォンを手にして言った。レイとの通話を終えたところだった。

「レイに怪我は？」と真紀。

「怪我はないって。車に傷がついただけみたい。練習は、はじめといてくれって」

と貴子。


♪


「と言っても、もう練習はじめてるし……」

奈津子が、ドラムスを前にして言った。

確かに、練習ははじまっていた。とりあえず〈エターナル・フレーム〉。その練習をはじめていた。全員で、3回ほど演奏した。

「あとは、レイがくればいいんだけど……」と貴子。

僕らは、伴奏の練習を繰り返した。ただ、レイがいないので、ヴォーカルはなしだ。

「時間が無駄ねぇ……」と貴子が言った。

みんな沈黙……。そのときだった。ドラムスを前にした奈津子が、口を開いた。

「哲っちゃんの従妹さんに、とりあえず歌ってもらえば。ずっとそこで歌詞を口ずさんでたし……」

と言った。

「涼夏に？」と僕。涼夏本人も、はっとして僕を見た。

確かに、僕らが演奏してる間、涼夏は曲に合わせて口を動かしていた。好きな曲だからだろう。だが、涼夏は、あせった顔をしている。

「そりゃ無理だと思うけど」と僕。

「いいのよ、調子っぱずれでも。とにかくヴォーカルが入らないと練習にならないから」と貴子が言った。

すったもんだが、約5分。

結局、涼夏が歌う事になった。〈調子っぱずれでもいいから〉という貴子の言葉に押し切られたのだ。


♪


涼夏は、恐る恐るマイクの前に立った。もちろん、ガチガチに緊張している。

僕は、そのそばにいく。

「気楽に。ピンチヒッターなんだから」と耳元で囁いた。彼女の表情が少しやわらいだ。

「じゃ、いってみようか」と貴子。みな、うなずいた。

ドラムスの奈津子が、スティックを鳴らして合図のカウントを刻む。

1（ワン）2（ツー）3（スリー）4（フォー）

イントロ。真紀のキーボードがメロディーを弾くイントロ……。

原曲では2小節のイントロだが、このバンドのアレンジでは、4小節。

そのイントロが終わる……。涼夏がマイクに向かい歌いはじめた。まっすぐに立ち、目を閉じ、歌いはじめた……。

澄んだ声が、モニタースピーカーから流れはじめた。

3小節目、貴子がベースを弾きながら僕を見た。驚いたような表情を浮かべている。

7小節目。ドラムスの奈津子が、歌っている涼夏を不思議な表情で見ている。キーボードの真紀も、じっと涼夏を見て、その視線を僕に向けた。

彼女たちの反応……その理由はわかった。

同時に、僕も驚いていた。涼夏は、この曲が好きでよく口ずさんでいた。だから、音程を大きくはずすことはないだろうと思ってはいた。だが、これほど澄んだ声だったとは……。

初めてちゃんと聴いた涼夏の歌声だった。

涼夏は、棒立ちで目を閉じ、歌い続ける。

やがて、間奏。僕がギターで軽く弾く。涼夏が、目を閉じたまま聴いている。

そして、メロディーに戻る。また、涼夏が歌い、そしてゆったりとエンディング……。

スタジオの壁に音が吸い込まれていくように曲が終わった。

♪


「……いまの、なんだったの？」

とベースを肩にかけたまま、貴子がつぶやいた。

「……鳥肌が立ったわ」ドラムセットを前にして奈津子が言った。

真紀が、僕を見た。

「哲っちゃん、彼女の歌声の事、知ってたの？」と訊いた。僕は、首を横に振った。

「初めて聴いた」

そのとき、レイがスタジオに入ってきた。

「ごめん！　初心者の車にぶつけられちゃって」

真紀が、キーボードの上に置いたスマートフォンを手にとり、

「聴いた？」とレイに言った。レイも、自分のスマートフォンを出す。

「聴いたわよ」と言った。

涼夏が歌いはじめてしばらくしたとき、真紀がスマートフォンを操作しているのには気づいていた。

それは、レイにかけていたらしい。涼夏の歌声を聞かせるために……。
「駐車場から歩きながら、聴いたわ」とレイ。僕を見て、
「で、彼女は？」と訊いた。
「いまはトイレ」と答えた。
涼夏は、歌ったときによほど緊張したのか、いまトイレに行っている。
1、2分して涼夏が戻ってきた。

♪

「え、もう一度？」と涼夏。
レイが彼女に言ったのだ。もう一度、〈エターナル・フレーム〉を歌って欲しいと
……。けれど、涼夏は頬を赤くして一歩あとずさり……。
「レイさんが来たんだから、わたしなんか……」と言い、首を横に振った。さらに二歩
三歩じりじりと、あとずさりした。みんな苦笑い。涼夏に歌わせるのは諦める雰囲気
……。

「哲っちゃん、〈上手い〉と〈いい〉の違いってあるじゃない」

と言った。


♪


1時間後。バンドの練習は、ひと休み。レイと僕は、スタジオの外にある鉄製の階段にいた。缶コーヒーを飲んでいた。

その外階段からは海が見えた。

由比ヶ浜の海。午後の陽射しが照り返している。

「キャリアのあるわたしの歌は、まあまあ上手いと言われてきたわ。でも、あの子……」

「涼夏?」

「そう、涼夏ちゃんの歌は、すごく上手ってわけじゃないけど、いいわ……」

「いい……」僕は、缶コーヒーを手につぶやいた。

「そう、彼女の純粋さが、そのまま声になってる。人に聞かせてやろうとか、人を感心させてやろうとか、そういうのが一切なくて、とことん純真……。それが聴いてる人の心に深く刺さるんだと思う」

　とレイ。

「スマートフォンで彼女の歌声を送ってきた真紀も、ほかのメンバーも同じ事を感じてるはずよ」僕は、うなずいた。ほぼ同じ事を感じていた。

「涼夏に、もっと歌わせてみるべきかな？　最近じゃギターもやりたがってるし」

「そうね……。いいかもしれない」とレイ。「涼夏ちゃん、学校に行ってないみたいに見えるけど……」

「実は、視力がかなり弱くて、いまは学校に行けてないんだ」

「そうか……」とレイ。軽くため息……。「やっぱり、そんな事情があったのね……可哀想に……。でも……もしかしたら、音楽をやる事で何かが変わるかもしれない」

「変わる……」

「そう。哲っちゃんも、音楽の持つ力って、気づいてると思う」

　とレイ。

「音楽をやる事で自分の居場所を見つけられる事があるし……」僕は、小さくうなずいた。

「居場所か……」

今度はレイがうなずいた。

「この世界にないと思っていた自分の居場所が、音楽をやる事で見つかる……。その可能性は、あると思う」

とレイ。眼を細め、暮れていく由比ヶ浜の海を見つめた。

「いまの涼夏ちゃんは、そんな曲がり角に立っているのかもしれないわね……」

とつぶやいた。僕も水平線を見つめていた。3羽のカモメたちが、視界をよぎっていく。かすかな波音が聞こえていた。


♪


「いい風……」と涼夏。海風を胸に吸い込んでいる。

午後4時過ぎ。

スタジオでの練習は終わった。僕と涼夏は、由比ヶ浜の広い砂浜をゆっくりと歩いていた。涼夏は、僕の左腕に両手でつかまって歩いていた。

遅い午後の陽射しが、穏やかな海面に反射している。高校の運動部らしい男子生徒たちが、波打ちぎわをランニングしている。

「スタジオで歌って、気持ち良かったか？」訊くと、涼夏はうつむいた。「緊張したし、恥ずかしかった……」とつぶやく。

「でも……みんなが褒めてくれたから、ちょっとだけ嬉しかったなぁ……」と言った。

そんな涼夏が、ふと口をつぐんだ。

「どうした？」と僕。涼夏は、しばらく無言でいた。やがて、「スタジオで褒めてもらったのは嬉しいけど……」と口を開いた。

「けど？」

「今日のバンドの演奏、なんか、ＣＤとは違った感じだった……」

「違った感じ？　どこが？」僕は訊いた。

涼夏は、また考えている。

「どこがって言われても、よくわからないけど……」と、つぶやいた。

「まあ、以前のＣＤと同じ演奏が出来なくても、不思議じゃないな……」

僕は言った。バンドのメンバーたちにとっては、ひさびさの演奏だ。キーボードの真紀だけは、クラシックのピアニストとして演奏活動を続けていたという。が、それ以外のメンバーはずっと演奏から離れていたようだ。

バンドが解散してから約8年……そのブランクは大きいだろう。現役当時と同じ演奏が出来なくても、不思議じゃない。むしろ当然かもしれない。それに、

「おれだって、全く親父と同じに演奏できたわけじゃないし……」と言った。涼夏は、うなずく。

「そうね、たぶんそうなのかも……」とつぶやいた。

が、涼夏の耳は正しかった。その事が、やがてわかるのだけれど……。

24 牛丼はちょっと悲しくて

「これが、E_m」

僕は言った。自分でオープン・コードのE_mを押さえて見せた。涼夏にギターを教えているところだった。

1本の指で押さえるG_7のオープン・コードは、なんとか弾けるようになった。次は、2本の指で押さえるコード……。そこで、E_mを教えはじめた。

「やってごらん」僕は言い、涼夏にギターを渡した。彼女は、左手の中指と薬指で、2フレット目を押さえる。

そして、右手の親指で弦を弾いた。が、薬指がうまく4弦を押さえられていない。濁った音が出た。

「あちゃ……」と涼夏。

「まあ、急がずに」僕は言った。そのとき、店のドアが開いた。彩子と、雑誌〈ウインド・ウエーヴ〉の編集長・高木が入ってきた。


♪


「彼女のイメージＤＶＤを？」

僕は、思わず訊き返していた。

「そうなんです」と高木。説明をはじめた。彩子は、ウインドサーフィンの世界では、アイドル的な人気がある。

「そこで、彼女のＤＶＤをうちで作って販売しようと企画してるんです」と高木。

「まずは、ウインドをやってる彼女をあちこちで撮ります。湘南はじめ、海のきれいなサイパンなどなど」

と言った。さらに、彩子が湘南やサイパンで過ごしている様々なシーンも撮るという。

「トータルで1時間ぐらいのＤＶＤにしたいと考えています」

と高木。

「雑誌社がＤＶＤを作る？」僕は訊いた。高木は、うなずく。

「いま、雑誌はあまり売れない時代です。なので、いろいろな事をやってますよ」

過去に出した、ウインドサーフィン入門用のＤＶＤは、そこそこ売れたという。

「彼女のＤＶＤもかなり売れると思いますよ」

高木は言った。彩子本人は、少し恥ずかしそうな表情をしている。彼女の性格からして、そうなるのだろう。


♪


「そのＤＶＤの音楽を？」と僕。

「実は、そうなんです」と高木。「そのお願いに、来たわけなんです」と言った。

彩子のＤＶＤには、当然、ＢＧＭ的な曲が流れる。その曲を作って、音源を録音して欲しいという。

「歌の入らない、インストゥルメンタルでいいんですが」と高木が言った。

「１時間も？」

僕が訊くと高木は、首を横に振った。

「BGMは、せいぜい30分ぐらいですかね。あとは、波音や風の音、彩子ちゃんのインタビューなどを入れる予定です。湘南のウインドサーファーの彩子ちゃんのDVDには、湘南のミュージシャンというわけで、いい企画だと思います」と言った。そして、「急な話なんで、すぐに返事というのも難しいでしょう。1週間ほどで検討してみてもらえますか?」

と高木。

「DVDの制作期間は、5カ月ぐらいを考えています」

♪

「そりゃ、照れるわよ」と彩子。苦笑いした。高木が帰って行ったところだった。

「でも、そのDVDが出ると収入にはなる?」と僕。

「そうね、遠征費とかの足しにはなるわ」と彩子。「あと……」

「あと?」僕が訊くと、しばらく無言。やがて、

「もしものときは、お父さんの援助に……」と、つぶやいた。

「お父さん?」訊くと、小さくうなずいた。俊之は家を出て、森戸のアパートで暮らし

はじめているという。

「ギターのカスタマイズも、仕事があるときと、ないときがあると思うわ」

「……たぶん、そうだな」

「仕事がなくなったとき、少しでも生活の援助が出来ればと思って……」と彩子。「お父さんには、中学・高校の頃、さんざんウインドサーフィンをやる費用を援助してもらったから、今度はわたしが出来る限りのことをしてあげたいと思って……」

「……偉いな」

「そんな事ないわ。お父さんを暴走させた責任の半分は、わたしにあるわけだし」

彩子は、白い歯を見せた。その笑顔が少し眩しい……。


♪


「彩子さん、やっぱり偉いなぁ……」涼夏がつぶやいた。

彼女が帰っていった10分後だった。

今度作るＤＶＤの中では、ビーチでウクレレを弾くシーンもあるという。〈簡単な曲を教えてね〉と彼女。２、３日中にウクレレを教わりに来ると言い、帰っていった。これからウインドの練習だという。

「まあ、なかなか出来る事じゃないかも」

と僕。涼夏が、うなずいた。が、その表情にはあまり元気がない。

涼夏は、もともと彩子と僕の事を気にしているようだ。しかも、彼女とお父さんの間柄をかなり羨ましく感じている。それで、いろいろと考えてしまうのだろう。僕は、涼夏に気分転換させる事にした。

「ちょっとそこまで釣りに行こう」


♪


「喰いが渋いな……」僕は、釣り竿を握って言った。

すぐそばの真名瀬漁港。その岸壁。僕と涼夏は、小物釣りをはじめていた。簡単な竿と仕掛け。オキアミを餌にして、釣りをはじめて30分。

何も釣れない。

が、涼夏はじっと竿を握っている。子供の頃から、釣りは好きだったのだ。僕は、少し退屈して空を見上げた。翼を広げた鳶《とび》が2羽、初夏を感じさせる明るい空に漂っている。

♪

「きた！」と涼夏。リールを巻きはじめた。竿は少し曲がっている。小型のメジナか……。やがて、魚が上がってきた。それを見た僕は、

「触るな！」と叫んだ。が、遅かった。涼夏は、右手で魚をつかんでいた。体の周囲に毒針のあるゴンズイを……。弱視なので上がってきた魚が何なのか、よく見えずに……。

岸壁に、悲鳴が響いた。

♪

「いるか、ヤブ医者！」

僕は、大きな声で言った。近所の〈羽生外科〉。急いで涼夏を連れてきたところだった。ナースが出てきた。僕は、わけを話す。その声を聞きつけて、診察室から羽生が顔を出した。「ゴンズイか、すぐ入って」テキパキと言った。

♪


「まあ、これで、なんとかなるだろう」と羽生。

涼夏の手当てを終えたところだ。腫れている手の平と指には、薬を塗り包帯を巻いた。痛み止めも処方してくれた。僕が治療費を払おうとしていると、羽生が、

「あの、美人のウインドサーファー、もう治ったか？」と言った。涼夏が、振り向いて羽生の方を見た。僕は、

「あ、ああ。とっくに治って、ウインドを再開してるよ」つとめて素っ気なく言った。


♪


「ごめんね、哲っちゃん」

と涼夏が言った。

夜の7時。リビングで晩飯を食べはじめたところだった。今日はドタバタと忙しかった。仕方なく、コンビニの牛丼を食べはじめていた。

涼夏の右手には包帯が巻かれている。左手では箸を使えない。

なので、僕は涼夏にご飯を食べさせていた。箸を使い、牛丼を涼夏の口に運んでいた。食べながら、〈ごめんね、哲っちゃん〉と彼女が言ったのだ。

「気にするな」と僕。ゆっくりと箸を使いながら、

「釣ったのがゴンズイなんて、ついてなかっただけさ」と言いながら涼夏に食べさせる。彼女が、「わたひ」と言った。〈わたし〉と言うつもりだったんだろう。が、食べながらなので、〈わたひ〉になってしまったらしい。唇にご飯粒を一つつけたまま、言いなおす。

「……わたし、どこまでもついてない……」ぽつりと言った。しょんぼりとした表情……。その眼が、涙でうるんでいる。僕は彼女の肩に手を置いた。

「そのうち、いい事もあるさ……。まあ、いいから食えよ」と言った。

そういえば、昨日、ニューヨークの孝次おじさんから僕のパソコンにメールが来ていた。

お金を送ったと書いてあった。そして、

〈涼夏は、元気？　元気なら返信は不要〉そして〈くれぐれもよろしく〉。前回のメー

ルをコピーして貼りつけたような感じだった。事務的とも言えるもの……。だが、僕はその事をとりあえず口に出さないでいた。

牛丼を涼夏に食べさせ続ける……。


♪


「じゃ、いこうか」とレイ。フェンダー・テレキャスターを肩に吊って言った。ドラムスの奈津子が、うなずいた。スティックでカウントを刻む。

演奏が、はじまった。

涼夏がゴンズイに刺されてから、5日後。由比ヶ浜の練習スタジオだ。ライヴまでは、約1カ月。その間にあと3、4回の練習をするという。ただ一度だけのお別れライヴ。でも、それだからこそ、いい演奏をしたいとレイは言っていた。

涼夏は、相変わらずスタジオの隅に座っている。ゴンズイにやられた痕《あと》は、かなり回復している。包帯もとれた。いまは、レイたちのオリジナル曲を練習しはじめたところだった。〈Swing With Me《スウィング・ウイズ・ミー》〉というミディアム・バラードを演奏していた。

涼夏が、じっとそれを聴いている。

♪

「やっぱり、音が違う……」と涼夏が言った。練習の休憩時間だった。

25　FUCK YOU!

「音が、違う?」

僕は訊き返した。スタジオの外階段だった。

「どこが違う?」訊くと、涼夏はしばらく無言でいた。やがて、

「……キーボード」と言った。キーボード……もうすぐ結婚する真紀の……。

「キーボードのどこが?」

「どこって……CDに比べて音が薄い感じ」と涼夏。

「音が薄い……」

僕は、つぶやいた。そう言われてみれば……。

ただ、いまは、全員が自分の演奏で手一杯だ。8年のブランク、それを埋めるのは大

変だ。自分のパートをこなすので精一杯。人の音を聴いている余裕がない。

僕にしても、似たようなものだ。初めてやる曲も多い。ミスをしない事に気を遣っている。ほかのメンバーの演奏を聴いている余裕はあまりない。が、スタジオの隅で聴いていた涼夏にはわかったのかもしれない。キーボードの音が薄いと……。

そのとき、レイが外階段に顔を出した。

「哲っちゃん、練習を再開するわよ」

♪

なるほど……。

僕は、胸の中でつぶやいた。

レイたちのオリジナル曲〈Last Smile《ラスト・スマイル》〉をやっているところだった。

僕は、コードを刻みながら、キーボードの真紀をさりげなく見ていた。

真紀は、どうやら右手だけで弾いていた。左手は、キーボードの鍵盤に置いている。が、弾いてはいない。右手だけで、演奏している。が、彼女は上手いプレーヤーだ。右手だけで充分と言えない事もない。

ただ、涼夏が言ったように、音が少し薄くなっているのは事実だった。その理由は、わからない。

ほかのメンバーたちは、気づいていない……。練習は、続いている。


♪


「いい店だな」僕は、つぶやいた。

水槽の中のクラゲを眺めた。

バンドの練習が終わった30分後。辻堂の海沿いにあるレイの店に来ていた。

〈Cafe Aqua《カフェ・アクア》〉という。〈アクアリウム〉つまり水族館からつけたのだろう。文字通り、店の片側には大きな水槽があり、たくさんのクラゲが泳いでいる。

青い照明が半透明のクラゲたちを照らしている。なかなかきれいだった。

涼夏は、水槽のガラスに顔を押しつけるようにして、泳いでいるクラゲたちを見ようとしている。

その横顔を眺め、レイが〈無邪気で可愛いわね〉という感じで微笑した。

水族館、その中でもいまクラゲは人気がある。それに目をつけたレイが、4年前にオープンしたカフェだという。まだ6時過ぎなのに、客が多い。特にカップルの姿が目立つ。みな、飲み食いしながら、大きな水槽を眺めている。
スタッフたちが忙しく動き回っている。

♪

「哲っちゃん、なんか気づいたんじゃない？　練習をしてて」とレイが訊いた。僕は、〈なぜ？〉という感じで彼女を見た。
「そんな顔してるわ……。気づいたことがあったら、なんでも言って」とレイ。スタッフたちの動きを眺めながら言った。
「あまり大きな問題じゃないよ」と僕。
「それでもいいから、聞かせて。バンド・リーダーとして気になるわ」とレイ。僕は、しばらく考える……。

♪

「真紀が、片手でキーボードを？」とレイ。僕は、うなずいた。

「この子が気づいたんだ」と、そばにいる涼夏を見た。涼夏は、クラゲの水槽を眺めながらアイス・カフェオレを飲んでいる。

「そうか……」とレイ。腕組み。

「真紀は、ドイツに行ってもクラシックのピアニストとして演奏活動をするらしいの。だから、いまも毎日練習してるみたい」

と言った。確かに、真紀はバンドの練習が終わると、そそくさと帰っていった。

「クラシックの練習で疲れてるのかなぁ」レイがつぶやく。

「かもしれない……」と僕。

「それでも、バンドの音が薄くなるのはまずいわね。ライヴには、かなりのお客が来るし……。何よりもいい演奏をしたいし……」

とレイ。

「次の練習で訊いてみるわよ、本当のところを」と言った。


♪

曲のエンディング。

ドラムスの奈津子がクラッシュ・シンバルを叩き、フロア・タムで締めくくった。

前回の練習から1週間。僕らは、また由比ヶ浜のスタジオにいた。

練習をはじめて約30分。バングルスのナンバー〈Manic Monday《マニック・マンデイ》〉の練習をしているところだった。

5回ほど演奏した。そこそこ出来ている。

「こんなものかな……」ベースを肩に吊った貴子がつぶやいた。

そのときだった。レイがゆっくりと振り向き、キーボードを前にしている真紀を見た。

「真紀、音がちょっと薄くない？」

と言った。真紀もレイを見た。やがて視線を外し、しばらく無言……。

「薄い？」と、つぶやいた。

「そう、この曲をCDに入れたときに比べて、キーボードが薄い感じなんだけど」レイが言った。レイは、演奏の最中に、何回か真紀の方を見ていた。

「そうかなぁ……」と真紀。レイはうなずく。

「真紀、片手で弾いてたよね。だから、音が薄いのかも……」と言った。

奈津子と貴子も、真紀の方を見ている。

「確かに、キーボード、薄い感じがしてた。片手で弾いてたんだ……」と奈津子が言った。

「片手？　それって、手抜きってこと？」と貴子。ジョークっぽく言った。


♪


「確かに、片手で弾いてたわ」と真紀。「なんか、本業の練習で疲れちゃってて……」と言った。レイが、フェンダーを肩に吊ったまま、

「本業って、クラシックの事？」と訊いた。

「まあ……」と真紀。

「じゃ、クラシックは本業で、いまわたしたちがやってるのは何？」レイが言った。その声が少しイラついている。

「それは……」と真紀。しばらく無言……。

「こうやってまたバンドをやるのは懐かしいけど、なんか、あんまり本気になれなくて……」と言った。レイが、右手のこぶしを握った。

「あんた、わかってるの？　このライヴは、ドイツに行っちゃうあんたのためにやる、

さよならライヴなんだよ」

　と言った。真紀は、またしばらく無言……。

「わたしのため？　それをあんまり言われると気が重いし、なんか……ありがた迷惑なんだけど」と言った。

「ありがた迷惑？」と奈津子。ドラムセットの前から立ち上がった。３歩歩き、真紀と向かい合う。

「ありがた迷惑って、それひどいんじゃない？　今後あまり会えなくなるからと思って、レイがみんなに声をかけて……」と言った。

「それはわかるけど、そうそうわたしのためって言われても……」と真紀。

「じゃ、何のためにわたしたちは集まってるの？」と奈津子。片手に２本のスティックを握って言った。

「じゃ、わたしたちは、あんたの事を口実にして、またバンドをやる事にしたとでも？」と奈津子。

「そうは言わないけど……とにかく、あんまり本気になれなくて……」と真紀。譜面《スコア》を持って、立ち上がった。

「ごめん！」と言う。早足で、スタジオから出て行った。

♪


「なんなの、真紀のやつ！」と奈津子。バーボンのグラスを一気にあけた。

夕方の5時。練習は中断。真紀以外は、レイのカフェにいた。

奈津子は濃いバーボン・ソーダをぐいぐいとあける。彼女は、酒屋の娘。もともと酒に強いのだ。

「わたしも付き合うわ」と貴子。ジン・トニックをオーダーした。

「あんた、仕事は？」とレイ。貴子は、地元の鎌倉FMでパーソナリティをやっている。

「仕事なんか知るもんか！」と貴子。ジン・トニックをぐいと飲んだ。

「しかし、真紀ってあんなやつだったとは……」レイもグラスを手に言った。

そのときだった。近くのテーブルに白人男が2人……。その1人が、にやにやしながら奈津子を見ている。ウインクしてみせた。

奈津子は、相手を睨みつけた。中指を立て、「Fuck You!《ファック・ユー！》」と毒づいた。白人男は、口を半開き……。

26　パプアニューギニアにでも行っちまえ

「海のバカヤロー！　真紀のオタンコナス！」

と奈津子。波打ちぎわで叫んだ。酔って少しふらついている。

もう陽が沈んだ辻堂の海岸。全員が、砂浜にいた。左手に江ノ島の灯台が光っている。

貴子が、足首まで波につかる。

「サイテー女！」と叫んだ。足元の水を、びしゃっと蹴飛ばした。

「そうだ、真紀のやつにラインしてやろう」

と奈津子。スマートフォンを取り出す。貴子とレイも集まった。奈津子が、画面にタッチしている。やがて、

「いいねぇ」と貴子。

〈ドイツでもパプアニューギニアでも、どこでも行っちまいな！　奈津子、貴子、レイ〉そんなラインを真紀に送った。

「これで、ライヴはなしか……」と奈津子。

「やれやれ……バンドは二度目の解散ね」とレイが苦笑した。


♪


「なんか……」と涼夏。僕の腕につかまってつぶやいた。レイたちと別れた僕らは、海岸沿いの遊歩道をゆっくりと歩いていた。

「どうした？」と僕。

「スタジオでの真紀さん……なんか変だった」

「バンドに本気になれないって言った事か？」訊くと、うなずいた。

「あの言葉……なんか不自然だった」

「不自然……」

「そう、なんか、本心じゃない感じだったなぁ……」涼夏がつぶやいた。彼女の敏感な耳には、そう感じられたのだろう。

「本心じゃない……」僕もつぶやく。確かに、少し不自然だとは感じていた。真紀は、あんな事を言わないだろうという印象を持っていたのだ。そのときだった。

「あ……」と涼夏が、口を半開きにしてつぶやいた。何か、ひどく大事なことを思い出したときの声だった。


♪


「よお、タマちゃん」

僕は彼女に笑顔を見せた。

翌日。午後の3時過ぎの店。僕は、頼まれている彩子のＤＶＤの仕事について、漠然と考えていた。

そのときドアが開き、涼夏の親友・タマちゃんが店に来た。学校の帰りらしく、高校の制服姿だ。

「ごめん、急に呼んじゃって」と涼夏が言った。

「いいよ。大事な話だから」とタマちゃん。

♪


「片手が動かなくなる障害？」僕は訊き返した。

タマちゃんは、うなずく。

「かなり前に、お母さんがそれを発症したの。ある日、突然に……」と言った。

タマちゃんの名前は、玉木久代《たまきひさよ》。自宅は、うちの店のすぐ近くだ。お父さんは公認会計士。大船《おおふな》で会計事務所をやっている。

お母さんが昔からピアノをやっていたので、タマちゃんもピアノを弾く。

「で……お母さんの手が動かなくなった？」僕が訊くとタマちゃんは、うなずいた。

「局所性ジストニアっていう障害だとわかったの」と言った。

タマちゃんは、説明する。〈局所性ジストニア〉は、音楽家の約50人に1人の割合で発症する機能障害らしい。

指を長期間くり返し使い続けると、その結果、脳が誤作動を起こす障害だという。

「そして無意識に筋肉がこわばって、手が動かなくなるの」

とタマちゃん。

「うちのお母さんも、それを発症したの。日常生活に支障はなくても、ピアノに向かうと右手がうまく動かなくて……。だから、いまはもうピアノを弾いてない」と言った。

僕は、涼夏を見た。

「これを知ってて？」と訊いた。涼夏は、うなずき、

「前にタマちゃんからその話を聞いてて……」と言った。

「なるほど……。それで、真紀の件で、タマちゃんのお母さんの事を思い出したのか」

僕が訊くと、涼夏はまたうなずいた。そうか……。それでタマちゃんを店に呼んだ……。

「もしかして……真紀はやる気がなくてキーボードを片手で弾いてたんじゃなく、障害を発症し、片手でしか弾けなくなってる？」と僕。

「可能性としては、あるかも……」と涼夏が言った。僕はもうスマートフォンを手にしていた。レイにかける……。


♪

「局所性ジストニア？」

とレイが訊き返した。彼女に連絡をとり、来てもらったところだった。涼夏が〈局所性ジストニア〉について説明した。それを聞いてレイの表情が変わっていく……。

「もし万一、真紀がそれを発症してたら……」とレイ。「わたしたち、彼女にひどい事をしたかも……」呻《うめ》くように言った。

「それは、早く確かめた方がいいんじゃ……」僕は言った。

「そうね」とレイ。スマートフォンを取り出した。真紀にかけている。

「着信拒否になってる……」

「彼女の家は？」と僕。

「披露山《ひろやま》」

「急いで行った方がいいんじゃないか？」

「わかった。哲っちゃん、車出して」

♪

「ここか」

ブレーキを踏みながら、僕は言った。湘南で最高級の住宅地・披露山。その中にある敷地の広い家だ。レイが、車から降りる。早足で洒落た玄関に行く。やがて玄関が開き、お手伝いさんらしい中年女性が出てきた。レイと話している。

そして、レイは車に戻ってきた。

「真紀、タクシーで空港に向かったらしい」

「空港!?」と涼夏。

「空港からどこへ？」僕が訊いた。

「お手伝いさんには何も言わずに出て行ったって」

とレイ。

「真紀のやつ……たぶん、行き先はドイツね。追いかけよう。手遅れにならないうちに彼女をつかまえなきゃ」と言った。

「タクシーに乗ったのはどのくらい前なんだ？」と僕。

「まだ5分ぐらい前だって」

「追いつける。急ごう」僕は言った。レイが車の後部シートに乗り込む。僕は、ここから羽田空港までの道順を頭に浮かべる。アクセルを踏み込む！　タイヤをスリップさせて発進する。

♪


スピード違反なんて、知ったことか。僕は、アクセルを踏み込んだ。

走っている車を次々と抜いていく。横浜横須賀道路の逗子インターに向かう。

行き先が羽田空港でも、もし成田空港でも、タクシーはまず逗子インターから高速道路にのるだろう。

長柄《ながえ》の交差点を左折。逗子インターに向かう。

片側一車線の道路。すいている。ぐっと加速！

川久保《かわくぼ》の信号を過ぎたところで、前方に一台のタクシーが見えてきた。たまたま対向車線に車はない。僕は、ステアリングを切って対向車線に飛び出した。

さらに加速！　やがて、タクシーと並んだ。

「真紀が乗ってる！」レイが叫んだ。僕は、クラクションを鋭く鳴らした。タクシーのリアシートにいた真紀が、こっちを見て気づいた！

窓を開けたレイが叫んでいる。真紀が運転手に何か言った。タクシーのスピードが落ちていく。

♪


30秒後。タクシーもこちらの車も、路肩に停まった。僕らは、車から降りる。タクシーから、真紀が降りてきた。レイは、真紀と向かい合う。

「大事な話があるの」と言った。


♪


「やっぱり、そうだったんだ……」

とレイ。真紀が、小さくうなずいた。

タクシーから荷物もおろし、真紀は僕の車に乗り移っていた。僕は、ゆっくりと車を出したところだった。

助手席には涼夏。後ろのシートにレイと真紀がいる。

涼夏が、〈局所性ジストニア〉の事をさらりと話した。やがて……それを発症している事を、真紀は認めた。

「鍵盤に向かっても、左手がこれまでみたいに動かない……」ぽつりと言った。

局所性ジストニアは、ピアニストの場合、右手に発症する事が多いらしい。が、真紀の場合は左手に発症したという。

「やっぱり……」とレイ。「なんで、その事を正直に言ってくれなかったの？」

真紀は、しばらく無言……。やがて、

「鍵盤奏者としては致命的な事だから、言うのが怖かった……。あと、みんなに同情されるのが辛いから……」と言った。

「何言ってるの。同級生だし長年のバンド仲間じゃない」

レイが言った。20秒ほどして、

「そうか……そうなんだよね……」真紀がつぶやいた。その声が湿っている。涙ぐんでるのかもしれない。長柄の交差点が近づいてきた。


♪


30分後。

僕らは、材木座《ざいもくざ》海岸の砂浜に車を駐めていた。まだ、海水浴のシーズンではない。長い海岸線にはひと気がない。

近づいてくる人影。奈津子と貴子が砂浜を走ってくる。レイから電話連絡を受けて駆けつけてきたのだ。奈津子が、真紀と向かい合う。

「そんな事になってたら、なんで言ってくれないの！　仲間でしょ！」

とつめ寄った。真紀のブラウスの襟元をつかんだ。

27　言えなかった真実は

「ごめん……認めるのが怖かったし、同情されるのが辛くて、言えなかった……」と真紀。レイが、二人の間に割って入った。「まあ、興奮しないで」と言った。

「……本当にごめん」と真紀。うなだれる。

そのとき、貴子が口を開いた。

「わたし達も謝らなきゃ。そんな事だとは知らずに、ひどいライン送っちゃった……」

うつむいている真紀が、涙声で、

「あれは、きつかった……パプアニューギニアは……」と、つぶやいた。レイが、ふと苦笑した。貴子と奈津子も、小さく笑った。張り詰めていた空気が少しゆるんだ。

♪


「もしかしたら、わたし、真紀に嫉妬してたかもしれない」ぽつりと貴子が言った。

「嫉妬か……」とレイ。貴子は、うなずく。

「真紀が、結婚する事を心の隅で妬《ねた》んでたかもしれない。しかも、相手は一流の音楽家で……」

「そうかも……」と奈津子。

「それもあって、真紀にあんなライン送っちゃった。あそこまでやる必要はなかったのに……」と言った。

「確かに、過剰に反応したかもね。わたしも真紀の事が羨ましかったのかな……」とレイも言った。真紀の肩に手を置く。

「ごめんね……」と言った。真紀は、首を横に振った。

「もともとは、わたしに原因があったんだし……」と小声でつぶやいた。砂浜を渡る風が、真紀のストレートの髪を揺らしている。

♪


「どうすればいいと思う？」レイが僕に訊いた。僕は5秒ほど考え、

「ほかの楽器が、少しずつ音を厚くすればいいんじゃない」と言った。真紀は左手でキーボードを弾けない、その分だけギターやベースが音数を増やすことでバンド全体の音は、かなり厚くなるだろう。レイが、うなずいた。

「とりあえず、哲っちゃんのギターと貴子のベースね。さっそく明日やってみよう」


♪


「こんなもんで、どうかな」僕は言った。曲のエンディング。アンプから響いた音が消えていく……。

翌日。由比ヶ浜の練習スタジオ。レイたちのオリジナル曲〈Bitter Morning《ビター・モーニング》〉をやったところだった。

僕のギターと貴子のベースが、多めのフレーズを弾いた。特にヴォーカルの入らない間奏の部分では、これまで以上のパッセージを弾いた。

いわゆる、手数をふやしたのだ。キーボードの音をカバーするために……。

演奏を終えた僕は、スタジオの隅で聴いていた涼夏を見た。彼女が笑顔を見せている。オーケイという笑顔……。バンドの音は、かなり厚くなってきたようだ。

「これでいけるかも」レイが言った。


♪


「なんか、やっぱり元気ないね」とレイ。ビールのジョッキを片手に真紀に言った。

スタジオでの練習を終え、僕らは江ノ島の〈つぼ屋〉にいた。サザエのつぼ焼きをメインにした店だ。涼夏以外は、生ビールを飲んでいた。

飲みはじめてすぐ、レイが真紀に言った。〈元気ないね〉と……。確かに、真紀の表情は曇っている。

「ライヴの事が心配？　大丈夫だよ。あと1、2回練習すれば何とかなるよ」と貴子。

「それは、みんなのおかげであまり心配してないんだけど……」と真紀。

「それなら、何が気になるの？」と奈津子。

僕は、サザエのつぼ焼きから、身を取り出していた。涼夏のために、サザエの身を皿に出してやる。

「もしかして、結婚の事で何か？」レイが訊いた。真紀は、無言。目の前のつぼ焼きを見つめている……。


♪


「彼がいま札幌？」とレイが訊き返した。

真紀は、ぽつりぽつりと説明しはじめた。彼女の婚約者、マヌエル・ノイアーは、いま札幌で弦楽四重奏《カルテット》のコンサートをしているという。

彼は、もともと東京芸大に留学していた事があると真紀。

「その後も、日本ではよく演奏活動をしていた」と言った。日本人の奏者と共演する事も多かったという。どうやら日本が好きなチェロ奏者らしい。

そんな事もあり、真紀と知り合ったのが1年半前の日本……。東京の小ホールでやった真紀のピアノ演奏を、たまたまマヌエルが聴きにきた。それが、付き合うきっかけだったらしい。

「今回、彼は、札幌のあと京都、最後は横浜でコンサートをする事になってるの」と真紀。

そのコンサート・ツアーは、ちょうど彼女たちのラスト・ライヴの頃に終わるらしい。

「そのあと、彼とわたしは結婚式の準備でドイツに行く予定になってるんだけど……」

真紀は、そうつぶやいた。

「予定になってるんだけど？」と奈津子。

♪

「彼に、ジストニアを発症した事を話してない？」レイが訊いた。真紀が、うなずいた。

「以前から違和感はあったんだけど、障害がはっきりしたのは、3カ月前だったわ……」と真紀。その頃、婚約者のマヌエルはドイツにいたという。

「今回のコンサート・ツアーのために来日したのが今から1カ月前で……」

「その間に、彼と会ったんでしょう？」とレイ。真紀は、うなずいた。

「でも……」

「でも、手の障害についてまだ話してない？」と貴子。真紀は、うなずいた。

「話す勇気がなかった……」と真紀。「初めて会ったときから、彼はわたしが弾くピアノを気に入ってくれてたから……」

「そうか。で、まだ手の事を告白できずに……」貴子が言うと、真紀はまたうなずいた。

「もう以前のように弾けないなんて、言えなくて……」と、つぶやいた。奈津子が、

「うーん、そりゃ深刻だね……」と言った。


♪


「どうなるんだろう、真紀さん……」

と涼夏。ギターを弾く手を止めてつぶやいた。

午後3時。うちの店。涼夏は、コードを弾く練習をしていた。

2本の指で押さえるE_mは、なんとか弾けるようになっていた。その次に僕が教えはじめたのは、A_7だ。

これは少し難しい。

2フレット目の1弦から4弦まで、人差し指一本で押さえる。そして、1弦の3フレット目だけを中指か薬指で押さえる。

涼夏は、その練習をはじめたところ。だが、なかなか上手くはいかない。

やがて、練習をひと休み……。ギターを膝にのせたまま、〈どうなるんだろう、真紀さん〉と心配そうにつぶやいた。

「さあ……」

と僕。それは答えようもない。まず、マヌエルという婚約者の事をまったく知らないのだ。この先、二人がどうなるのか、それは想像するのも難しい……。

そのときだった。ドアが開き、レイが店に入ってきた。僕と、そして涼夏を見た……。

「折り入って相談があるんだけど……」

♪

レイは結局、1時間以上、話していった。

♪

「じゃ、よろしくね」

レイがそう言い、帰って行ったあとだ。僕は店の電話をとった。木村俊之の携帯にかける……。レイから、頼まれたのだ。1週間後に迫った彼女たちのライヴに俊之も呼んでほしいと……。

レイは、俊之がカスタマイズしたテレキャスターのスインラインをひどく気に入っている。抜群に弾きやすいという。

「これなら、何時間でも弾いてられるわ。奇跡的……」と言った。なので、ライヴには俊之もぜひ聴きに来て欲しいという。

僕は、彼の携帯番号をプッシュした。俊之は、すぐに出た。

「ああ、哲也君。ちょうど私の方からかけようと思ってたところだ。じつは、いい話が来てね」と俊之。その声が明るい。

「いい話？」

「そうなんだ。この前カスタマイズしたストラトキャスター」

「ああ、刈谷守のため……」

「そう、刈谷さん……。彼のギタリスト仲間から、またカスタマイズの話が来てるんだ」

「ギタリスト仲間？」僕は訊き返した。

「そう、中瀬一郎《なかせいちろう》だよ」

「中瀬……」僕は思わずつぶやいていた。

♪


中瀬一郎……。

彼は、第一線のギタリストだ。ジャズ、フュージョン、ロック、なんでもこなす。海外ミュージシャンとの仕事も多いはずだ。海外のミュージシャンからは、〈野球のイチロー〉ではなく、〈ギターを弾く方のイチロー〉と呼ばれているらしい。

「彼から依頼？　ギターは？」と僕。

「フェンダーのジャズマスター、それとリッケンバッカー」

「なるほど……」僕は、うなずいた。中瀬らしい……。

「それは、いい仕事だと思う。やつはいいギャラをとるギタリストだから、高い料金をとってもいいいと思うな」僕は、言った。電話の向こうで苦笑いしている雰囲気。

「まあ、その辺は会って話をするよ」と俊之。僕は、1週間後のレイたちのライヴについて俊之に伝えた。彼に来て欲しいとレイが言っていると……。

「それは嬉しいな。ぜひ、お邪魔させてもらうよ」

「もしよければ、彩子ちゃんも一緒に……」

「ああ、彩子はなんか、撮影でサイパンに行ってるよ」

「そうか……」僕はつぶやいた。例のＤＶＤ、その撮影だろう。


♪


ライヴ当日になった。

会場は、茅ヶ崎にある〈CRASH《クラッシュ》〉。

湘南のライヴハウスとしては老舗と言えるだろう。かなりの客が収容できる。

オーナーは、橋爪《はしづめ》という。元はキーボード・プレーヤーだった。が、プロとしては成功せず、ライヴハウスを経営している男だ。

夕方の5時過ぎ。僕は、車に涼夏を乗せて茅ヶ崎に向かった。

28　涙のアンコール

「よお、哲也」とオーナーの橋爪。

「ひさびさに、お前のギターが聞けるわけか」と言った。

僕は、店内を見回す。もう、かなりの客で混雑している。飲みはじめている客もいる。

隅の席には俊之の姿……。僕は、手を上げてみせた。

「やっぱり、レイちゃんたち、人気があるなぁ」

次々と客が入ってくる店内を見回して、橋爪が言った。レイたちが現役だった頃も、ここではよくライヴをやったらしい。僕は、人混みの中を楽屋に向かおうとした。そのとき、

「牧野哲也じゃないか」

という声。振り向くと、セルフレームの眼鏡をかけた中年男が立っていた。獅子倉《ししくら》だった。

「今夜も超絶の速弾きか……」と、やや嫌味たらしく言った。

涼夏が、話しかけてきたその中年男を見ている。〈この人、誰？〉という顔で……。

僕は、獅子倉を無視。楽屋に向かう。

「あの人は？」と涼夏。

「音楽評論家の獅子倉。他人のフンドシで飯を食ってるやつだ」僕は、吐き捨てた。

「あの人が、獅子倉……」涼夏がつぶやいた。ふと気づけば、橋爪がそばに立っていた。

「天敵だな……」と苦笑い。僕は、肩をすくめる。楽屋に向かった。

♪

「ちょっと緊張するなぁ……」と貴子。あまり広くない楽屋で、ベースのチューニングをしている。ドラムスの奈津子は、手首のストレッチをしている。

「まあ、ひさしぶりなんだから、多少のミスはしょうがないよ」とレイ。みんなをリラックスさせている。

真紀は、曲のスコアに目を走らせている。その近くで、僕はギターを膝にのせる。セットリストを横目で見ながら、弦のチューニングをはじめた。そうしながら、「手の事を彼には？」と真紀に小声で訊いた。真紀は、スコアから顔を上げる。

「告白したわ、メールで」

「いつ……」

「昨日」

「で、返信は？」

「まだよ。昨日、彼はコンサート・ツアーの最終日だから忙しかったはずだし……」

と真紀。かなり張りつめた表情で、スコアに視線を走らせている。


♪


「お客が、予想より多くて、まだ落ち着いてない。スタートは、15分後です」と店のスタッフが言いに来た。

スタッフが、楽屋から出て行くと、入れ替わりに、ベージュのジャケットを着た外国人の男が入ってきた。

「マヌエル……」と真紀。

僕らは、彼を見た。一見、ドイツ人らしくはない。背が高く痩せ形。アッシュがかった金髪。濃いブルーの眼。イギリス人にも見える。年齢《とし》は、三十代の半ばだろうか。

「あの……」と真紀。彼を紹介しようとした。その前に、

「こんにちは。マヌエル・ノイアーです」彼が、かなり上手な日本語で言った。

マヌエルは、花束を持っていた。小さめのバラの花束が4つ。彼は、それをメンバーに渡す。奈津子に、貴子に、レイに……。そして最後、真紀に渡した。そして、

「頑張ってね」と言った。

♪

「あの……」と真紀。恐る恐るという感じで、「メールは、読んでくれた?」と訊いた。

マヌエルは、うなずいた。

「読んだよ……。左手の事、大変だったね……。もっと早く言ってくれれば良かったのに……」

「でも……怖くて言えなかった……」

「怖くて？　なぜ……」

「だって、以前みたいにピアノが弾けなくなったら、あなたを失望させるんじゃないかと……」

真紀が言った。マヌエルは、真紀をじっと見ている……。

「……僕は君の弾くピアノも好きだ。だけど……もっと好きなのは君の笑顔だよ」

と静かな声で言った。やがて、真紀が彼の胸に額を押しつけた。その真紀を、マヌエルが力強く抱きしめた。真紀の肩が震えている。

その……5秒後。

「あ〜あ、のろけやがって」と貴子。

「やってられないよ。真紀はやっぱり、パプアニューギニアに追放しときゃよかった」

と奈津子。

楽屋に笑い声が響いた。


♪

「ツー！　スリー！　フォー！」

奈津子がスティックを鳴らしながら、カウントする。

ＰＡから音が吹き出す！

ライヴのスタートは、アップテンポな彼女たちのオリジナル曲〈Cloudy《クラウディ》〉。僕は、貴子のとなりでストラトを弾きはじめた。


♪


気がつけば、約2時間のライヴがラストスパートにさしかかっていた。レイが、マイクに向かう。

「では、最後の曲をお送りします。〈エターナル・フレーム〉」と言った。

総立ちの会場から、〈もう終わりか？〉というブーイング。

バングルスのカバーをやるという事は、これが最後ではなく、アンコールがある。それがわかっていても、ブーイング……。レイが片手を上げた。会場のブーイングがおさまる。

「では、あらためてメンバー紹介をします」と言った。

「ベース、小沢貴子……ドラムス、井上奈津子……キーボード、中里《なかざと》真紀……そして、ギター・ヴォーカルは竹之内《たけのうち》レイ」と紹介していく。

おじぎをする一人一人に、客席から拍手と歓声が上がる。

「そして、今回、サポート・ミュージシャンとして特別参加してくれた、皆さんご存知のギタリスト、牧野哲也」

とレイ。僕は、軽く片手を上げた。かなりの拍手……。その拍手がおさまると、

「では最後の曲をやるにあたり、さらに特別なサポート・シンガーを紹介したいと思います」とレイ。

「哲っちゃんの妹分で、素晴らしい歌声を持つ15歳、牧野涼夏ちゃんです」

と言った。そして、ステージのそでを見た。

涼夏が、恐る恐るステージに上がってくる。

会場から、拍手が上がった。レイが紹介した〈哲っちゃんの妹分〉の一言が効いたのか……。みな、涼夏を見ている。

涼夏の姿は、色落ちしたストレート・ジーンズ。ヒマワリ色のTシャツ。束ねた髪に青いバンダナを巻いている。緊張で、頰は紅潮している。膝が小刻みに震えている。

涼夏は照明の眩しさに眼を細めた。眩しさと視力の弱さで、マイクの位置がわからな

いようだ。

レイが涼夏の肩を抱く。マイクの前に連れてくる。涼夏には、やっとマイクが見えたらしい。その前に立った。

「じゃ、聞いてください。〈エターナル・フレーム〉」とレイ。

メンバーの中で、真紀がひどく驚いた表情を浮かべている。彼女だけには、この事が知らされていなかったのだ……。


♪


レイが、この話というか相談を持ちかけたのは、1週間前。

彼女が、うちの店にやってきた時だった。

「真紀のやつ、やっぱり元気がない」とレイはため息。

「左手の障害で?」と僕。レイは、うなずく。そばにいた涼夏を見た。

「その、局所性ジストニアって、完治する事はありえない?」と訊いた。

「親友に聞いた話だと、そうみたい」と涼夏。

「指が全く動かないわけじゃないらしいけど、第一線のピアニストとして両手で完璧な演奏をするのは難しいらしく……」と言った。

僕もうなずく。その障害については、パソコンを使ってかなり調べていた。

「そっか……」とレイ。また、ため息。

「ピアニストとして演奏活動をする将来を考えてた真紀には、辛い事よね……」

涼夏が、うなずいた。レイは、しばらく何かを考えていた。やがて、ふと、涼夏を見た。

「あなたに、お願いがあるの。たってのお願い……」

と言った。それが、ライヴで〈エターナル・フレーム〉を歌う事だった。

驚いている涼夏に、レイは説明する。

「真紀はいま、局所性ジストニアという障害に打ちのめされている……。将来に希望を持てなくなってしまってると思う。わたしは、それを何とかしたいの。たとえ少しでも、彼女に希望を持たせたい……」

「で……涼夏に歌わせる？」僕が訊いた。

レイは、うなずく。涼夏を見る。

「あなたの声が素晴らしいのは、みんな知っている。そして、あなたが視力に障害がある事も、メンバー全員が知ってる。でも、そんなあなたがステージで一生懸命に歌ってる姿を見せたら、真紀の心に何かが起きるかもしれない」

「何か……」と涼夏。

「そう、どこかに障害があっても、それでも何かを一生懸命にやってる姿を見せたら、真紀が少しは立ち直るきっかけになるかもしれない」

レイは、そう言った。涼夏を、まっすぐに見た。

「お願い……」と言った。

だが、どうだろう……と僕は胸の中でつぶやいた。内気で引っ込み思案の涼夏が、ステージで歌うのは難しいのではと思った。


♪

1週間、悩みに悩んだ結果、涼夏は、それを了承した。手に障害をかかえた真紀への思いが、彼女の心を動かしたのだろう。優しい子だから……。

♪


そして、いま、ドラムスの奈津子が小さな音でカウントを出した。

僕のギター、貴子のベース、そして真紀のキーボードが、ゆったりとしたイントロを演奏しはじめた。

涼夏は、左手でマイクに触れる。もう、膝の震えは止まっている。やがて、4小節のイントロが終わる。

涼夏は目を閉じ、歌いはじめた。ミネラルウオーターのように透明な歌声が、会場に流れはじめた。

聴いている客たちの視線が、ぴたりと止まった。よそ見をしていた客も、いまは歌っている涼夏をじっと見ている。その歌声を聴いている。

涼夏は、祈るように目を閉じ歌う……。ひたすら歌う……。1コーラス目が、終わった。

2コーラス目は、レイが歌う。落ち着いたヴォーカルが流れていく。

そして、サビの部分。涼夏とレイが、一緒に歌いはじめた。二人の声がハモっている。

それは、打ち合わせ通りだった。

やがて、サビが終わる。涼夏がまた、目を閉じたままソロで歌いはじめた。

そのときだった。ギターでバッキングをしていた僕は、ふとキーボードの真紀を見た。

つぎの瞬間、コードを間違えそうになった。

真紀の左手が、鍵盤の上で動いている……。人差し指と中指が鍵盤を押さえていた。

このところ鍵盤を弾くことのなかった左手の指が、いま、そっとだけど鍵盤の上で動いている……。

2本の指だけ……。それでも、真紀は鍵盤を押さえていた。鍵盤の上にかがみ込み、唇を嚙みしめ弾いている……。

やがて、曲はラストに向けて盛り上がっていく。バンド全体が美しいメロディーをリフレインする……。

貴子とレイのバックコーラス……。それを背中にうけて、突き抜けるような涼夏の声が会場の空間にのびていく。

僕は、ふと客席を見た。右手の席に、音楽評論家の獅子倉がいた。

それまで、隣りの席の誰かと雑談をしていた獅子倉……。やつの視線がステージに向けられている。身を乗り出して、歌っている涼夏をじっと見ている。その目つきが鋭くなっていた……。

曲は盛り上がり、やがてエンディング。奈津子が、シンバルをロールして締めくくった。

ぶ厚い拍手と熱い歓声が会場に湧き上がった。

♪

「サンキュー!」とレイ。観客に言った。肩にかけていたテレキャスターを下ろした。ほかのメンバーも、それぞれの楽器から離れる。ゆっくりと、ステージから楽屋に……。

レイが、歩きながら涼夏の肩を叩き、

「よかったわ……ありがとう」と言った。

涼夏は、僕の胸に顔を押しつけた。

「よくやった」と僕。涼夏の細い体を抱きしめた。

「緊張した……。ちびりそうだった……」と涼夏が小声で言った。

楽屋には、メンバーたちの笑顔……。

「ビールが飲みたい！」と奈津子。

「あと、アンコールの1曲。ガマン！」とレイ。

真紀は、ソファにかけて何か考えているようだった。

僕と涼夏は、そっと楽屋を出た。アンコールの曲は、彼女たちだけでやる事になっている。

僕らは、薄暗い客席に……。俊之の隣りに行った。


♪


ステージにまた照明が当たって明るくなる。総立ちの客たちから拍手と歓声。

メンバーが、ステージに上がってきた。レイが、テレキャスを肩にかけマイクに向かった。

「ご存知のように、そこにいる真紀が抜けがけの結婚をして、海外で暮らす事になりました。腹は立つけど、仕方ない」

客たちから笑い声……。

「では、このメンバーでやる本当に最後の曲、〈レイン・イン・マイ・ハート〉です」と言った。客席から、ぶ厚い拍手。

〈Rain In My Heart《レイン・イン・マイ・ハート》〉は、彼女たち最大のヒット曲だ。奈津子がカウントを出し、曲が流れはじめた。

1コーラス……2コーラス……。そのときだった。

「……真紀さん、左手で弾いてる……」

と涼夏がつぶやいた。

真紀は、確かに左手も使ってキーボードを弾いていた。さっき、〈エターナル・フレーム〉をやったときと同じように、左手を動かしていた。人差し指と中指の2本だけれど、懸命に弾いていた……。

〈エターナル・フレーム〉のとき、自分が歌っていた涼夏は、夢中で気づかなかったのだろう。

が、いま、鋭敏な涼夏の耳が、真紀が左手で弾いている低音部に気づいたようだ。

僕は、真紀が左指を動かしている、その事実を涼夏の耳元で囁いた。そして、

「一種の奇跡なのかな……」とつぶやいた。涼夏が、小さくうなずいた。

歌っているレイの顔は、涙で濡れている。

貴子の目も、奈津子の目も、潤んでいる。

真紀は、何かを祈るように背中を丸め、キーボードを弾いている。その目から涙がひとしずく、鍵盤に落ちた。さらにひとしずく……頰をつたい鍵盤に落ちた……。

隣りにいる涼夏が、鼻をすする音が聞こえた。

僕は涼夏の肩を抱いた。彼女の顔が、僕の肩に押しつけられた。涼夏がぐすっと鼻をすすった。温かいものが、僕の肩を濡らしはじめていた……。

ふと、隣りにいる俊之がつぶやいた。

「……哲也君……音楽ってなんだろう……」

僕は、一瞬考える……。そして、

「あれさ」

そう言い、ステージの上にいる彼女たちを目でさした。

曲が、最後の盛り上がりにさしかかっていた……。

29　防波堤で、グッド・ラックとつぶやいた

「あ……」

涼夏がつぶやいて、空を見上げた。かすかだけれど、飛行機のジェット音が聞こえたのだ。

午後2時の葉山。港の防波堤。涼夏がギターの練習をしているところだった。

彼女は、膝にギターをのせて空を見上げている。

ステンレス色の飛行機が、ゆっくりと青空を動いていく。

「米軍？」と涼夏が訊いた。

僕は眼を細め上空を見た。

どうやら、厚木《あつぎ》の基地に向かう米軍機ではない。ジャンボジェットらしかった。

「国際線かもしれない」と僕。

「真紀さんたちかなぁ……」

と涼夏がつぶやいた。

真紀とマヌエルは、今日の飛行機でドイツに飛ぶ事になっていた。そして、ライン河沿いの街で暮らしはじめるという。

僕は、飛行機を見つめた。胸の中で、〈グッド・ラック〉とつぶやいていた。

ルフトハンザドイツ航空かどうかは、わからなかったが、ジャンボジェットは、ゆっくりと遠ざかり雲の彼方に……。

涼夏は、眼を細め空を見上げている。家族が住んでいるニューヨークの事が彼女の胸をよぎったのか……それはわからなかった。

やがて涼夏が、膝にのせているアコースティック・ギターに視線を戻した。まだ華奢な左手でフレットを押さえ、右手に持ったピックでそっと弾いた。

A_7のコードが、きれいに響いた。練習しはじめて、初めての事だった。

「弾けた……」

涼夏が、口を半開きにしてつぶやいた。僕は、微笑してうなずいた。

水平線から吹いてくる、さらりとした風が、涼夏のポニー・テールをかすかに揺らした。

ギターの弦が、眩しい陽射しをうけて銀色に光っている……。

また、涼夏がそっとギターを弾いた。A_7のコードが、海風に運ばれていく。

本格的な夏が来るのは、もう少し先だけれど、僕らの真夏は、すでにはじまろうとしていた……。

あとがき

　そのキャッチコピーを初めて見たのは、ホノルルだった。

　ある午後、車を運転してアラ・モアナのタワーレコードに行った。店に入ろうとしたとき、ポスターの文字を思わず見た。

〈NO MUSIC NO LIFE《ノー・ミュージック・ノー・ライフ》〉

　そのキャッチコピーが目に飛び込んできた。僕は、2、3分、その場に佇《たたず》んでいた。ストライクゾーンの真ん中に投げ込まれた直球。それが心に刺さった。パイナップル色がかった午後の陽射しが、店の駐車場にあふれていた。

　僕は、小学校3年のときにギターを手にした。中1でドラムスをはじめ、以来、ずっとバンドをやってきた。大学生の頃は、プロになろうかと考えた事もあった。

やがて小説を書く仕事をはじめても、いつも音楽がそこにある。そのストーリーに合うテーマ曲を選び、エンドレスで流しながら書いている。

まさに、〈ノー・ミュージック・ノー・ライフ〉……。


この小説は、葉山にある楽器店を舞台にした物語だ。

ギタリストのオーナーは亡くなり、その息子でやはりギタリストの哲也《てつや》（21歳）、従妹《いとこ》の涼夏《すずか》（15歳）が店をやっている。

そんな楽器店には、わけありな客が楽器を売りにきたり、探しにきたり……。そこで、意外な人間ドラマが展開して……。

そんなストーリーの中で僕が描きたかったのは、〈音楽が好きな人たちの物語〉とかではなく、〈音楽がないと生きていけない人たちの物語〉だ。

それ以上の説明はいらないと思う。湘南の海風に運ばれていく楽器の音色《ねいろ》が、読者のあなたに届く事を祈って……。


この作品は、光文社の園原行貴さんと一緒にスタートを切り、やがて藤野哲雄さんと

3人のトリオを結成し完成させたもの。おふたりには、ここで感謝したいと思います。

いつも愛読してくれる読者の方々には、ありがとう。また会えるときまで、少しだけグッドバイです。

クリスマスの近づく葉山で　　喜多嶋　隆

〈喜多嶋隆ファン・クラブ案内〉

長年にわたり愛読者の皆さんに親しまれてきたファン・クラブですが、2020年4月から、新しい形にリニューアルしたいと思います。そのインフォメーションは、〈喜多嶋隆のホームページ〉にアップします。よろしく！

★お知らせ

僕の作家キャリアも38年をこえ、出版部数が累計５００万部を突破することができました。そんなこともあり、この10年ほど、〈作家になりたい〉〈一生に一冊でも本を出したい〉という方からの相談がきたり、書いた原稿を送られてくることが増えました。その数があまりに多いので、それぞれに対応できません。が、そのことが気にかかっていました。そんなとき、ある人から〈それなら、文章教室をやってみてもいいのでは〉と言われ、なるほどと思いました。少し考えましたが、ものを書きたい方々のためになるならと思い、ＦＣ会員でなくても、つまり誰でも参加できる〈もの書き講座〉をやってみる決心をしたので、お知らせします。

講座がはじまって約3年になりますが、大手出版社から本が刊行され話題になっている受講生の方もいます。作品コンテストで受賞した方も複数います。

なごやかな雰囲気でやっていますから、気軽にのぞいてみてください。（体験受講もあります）

喜多嶋隆の『もの書き講座』

（主宰）喜多嶋隆ファン・クラブ
（事務局）井上プランニング
（案内ホームページ）http://www007.upp.so-net.ne.jp/kitajima/〈喜多嶋隆のホームページ〉で検索できます
（Eメール）monoinfo@i-plan.bz
（FAX）042・399・3370
（電話）090・3049・0867（担当・井上）

※当然ながら、いただいたお名前、ご住所、メールアドレスなどは他の目的には使用いたしません。

★ファン・クラブ会員には、初回の受講が無料になる特典があります。

光文社文庫

文庫書下ろし
A7《エーセブン》　しおさい楽器店《がつきてん》ストーリー
著者　喜多嶋《きたじま》　隆《たかし》

2019年12月20日　初版1刷発行

発行者　鈴木広和
印刷　萩原印刷
製本　ナショナル製本

発行所　株式会社　光文社
〒112-8011　東京都文京区音羽1-16-6
電話（03）5395-8149　編集部
8116　書籍販売部
8125　業務部

ISBN978-4-334-77957-3　Printed in Japan

組版　萩原印刷